Franz Winter

Orfanelle

Ein Venedig-Roman

Franz Winter

Orfanelle

Ein Venedig-Roman

braumüller

Die Berufsbezeichnungen der Orfanelle folgen der alten Schreibweise des Italienischen in den Registern der Pietà. Wortverkürzungen entstammen dem venezianischen Dialekt.

Bibliografische Information der Deutschen Nationalbibliothek
Die Deutsche Nationalbibliothek verzeichnet diese Publikation in der Deutschen Nationalbibliografie; detaillierte bibliografische Daten sind im Internet über http://dnb.d-nb.de abrufbar.

Printed in Austria

1. Auflage 2012

Servitengasse 5, A-1090 Wien
www.braumueller.at

Coverbild:
Vincenzo Coronelli (1650–1718), Ansicht der Riva degli Schiavoni
Druck: Ferdinand Berger & Söhne Gesellschaft m.b.H., A-3580 Horn
ISBN 978-3-99200-073-9

Meiner Tochter Lisa gewidmet

Fluch und Bann schleudert Gott gegen jene, die ihre Söhne und Töchter, seien es legitime oder natürliche, in dieses Hospedale della Pietà stecken oder stecken lassen, wenn sie Mittel und Möglichkeiten haben, sie selbst aufzuziehen, sie sind zum Ersatz aller Schäden und Auslagen für jene verpflichtet, sie können ihrer Sünden nicht losgesprochen werden, wenn sie diesen Pflichten nicht nachkommen, wie es klar der Bulle unseres Herrn und Papstes Paul III. zu entnehmen ist, erlassen am 12. November des Jahres 1548.

Schloss Wiesentheid

1741

Es war ein klagender Ton.

Ein klagender Ton, der schreiend eingekreist und überfallen wird, zu verenden droht, über Leitern zu entkommen versucht, was das Geschrei der anderen Instrumente nur noch wütender und wilder macht, dachte sie, als sie ihre Amati zwischen Schlüsselbein und Kieferknochen schob. Das kühle Holz jagte ihr Schauer vom Hals zum gesträubten Nackenflaum und von dort über den nackten Rücken ins eng geschnürte, schulterlose Mieder. Wenigstens beim Stimmen wollte sie den blutroten Körper noch nicht vor ihrem Schweiß schützen, erst wenn sie spielte, aber auch dann nur widerwillig, denn sie liebte, wie sich sein Vibrieren von ihrer bloßen Haut bis in ihre Knochen übertrug.

Erst seit Schönborn einmal, es mochte fast zehn Jahre her sein, während einer wilden Kadenz plötzlich neben ihr stand, in seiner knochigen Rechten ein Silberstilett, das er in ihren Ausschnitt schob, nicht ohne bei dessen Drehung die Haut ihrer rechten Brust zu ritzen, ihre Schweißtropfen auffing und diese, sich am frivol-entrüsteten Ekelgefühl seiner Gäste weidend, von der fadendünnen Blutrinne leckte, pflegte sie ein

Tuch aus hauchdünnem, ausgebleichtem Leinen zwischen sich und ihr geliebtes Instrument zu legen. Zehn Jahre war das her, vielleicht zwölf oder mehr? Sie wusste es nicht, sie konnte die Jahre ihres Dienstes nicht mehr unterscheiden.

Aber an diesem Märzabend des Jahres 1741 war es ihr zum ersten Mal in ihrem dreiunddreißigjährigen Leben, von dem sie neunundzwanzig als Geigerin verbracht hatte, als würde die Oboe klagen.

Sie versuchte, ihren Tonleitern durch den atonalen Lärm zu folgen und hörte sie wie einen gefangenen Vogel in panischer Angst gegen ein todbringendes Netz flattern. Um dieses grausame Bild in sich wegzuwischen, riss sie hastig den Geigenbogen in die Luft, worauf alle Töne sofort erstarben. Die Musiker sahen sie, wie jedes Mal bei diesem Ritual, erwartungsvoll an. Sie forderte eben jenen Oboisten, der der Urheber jener atemlosen Flucht war, durch ein unerwartet herrisches Zeichen auf, den Kammerton anzublasen, was dieser auch nach einer irritierten Verzögerung tat. Der Lärm setzte mit einem Schlag wieder ein, schriller, weil jetzt nur die Blasinstrumente stimmten, die Oboen, die Chalumeaus, die Blockflöten, die Fagotte, zwei Hörner. Ohne Aufforderung wurde es nach wenigen Augenblicken wieder still und Pelegrina, die mit erhobenem Bogen gewartet hatte, strich nun das für alle verbindliche A. Die Streicher und die Gruppe des Continuo übernahmen es, die Bläser mischten sich abermals dazu, sodass der Lärm des Stimmens wie eine Wolke aus flirrendem Klang bald die ganze riesige Orangerie im Schlosspark zu Wiesentheid ausfüllte, einen lang gestreckten dem Grafen höchst angelegentlichen, frei stehenden Bau, in dem Pelegrina als Konzertmeisterin des Schönborn'schen Orchesters das abendliche Konzert angeordnet hatte – allerdings nur für den kleineren Teil der ihr unterstellten Musiker, weil sie für das vorgesehene Programm aus Werken ihres ehemaligen Lehrers Antonio Vivaldi nicht mehr als sechzehn Instrumentalisten benötigte. Das bittersüß nach Orangenblüten duftende, von Fackeln und Kerzen erleuchtete, von zwanzig Eisenöfen erwärmte Gewächshaus schien ihr der richtige Ort für ein Konzert, das nach einem langen deutschen Winter den Frühling mit der stürmischen Musik eines Venezianers begrüßen sollte. Auch ihre etwas zu theatralisch-bukolische Kostümierung, die sie auch ihren Musikern anbefohlen hatte, hielt sie trotz der herrschenden Fastenzeit für angemessen, galt es doch, wieder einmal den Versuch zu wagen, die seit dem dreiundzwanzigsten Todestag seiner Gemahlin, der verwitweten Gräfin Eleonore von Hatzfeld-Gleichen, ständig wachsende Melancholie ihres Herrn, des Grafen Rudolf Franz Erwein von Schönborn, wenigstens für die Dauer einer musikalischen Darbietung zu zerstreuen.

Durch die Tropfenfäden auf den hohen Fenstern sah sie Lichtpunkte, die sich verdoppelten, verdrei-, vervielfachten, sich vergrößerten und sich tanzend, wie es schien, dem Gewächshaus näherten. Die gräflichen Fackelträger bildeten Spalier für den Auftritt ihres Herrn samt Gefolge. Pelegrina riss abermals heftig ihren Geigenbogen in die Höhe. Der schien die augenblicklich erfolgte Stille, vier Herzschläge lang, zitternd auf seiner Spitze zu balancieren, ehe er wie in einer Kometenbahn mit seinem festgezurrten Schweif aus Pferdehaar auf die G-Saite ihrer Geige krachte, um jenen Frühlingssturm zu entfesseln, der als Sinfonia vor die Oper „L'Olimpiade" gebannt war. Es war, als ob Spatenstiche von Blitzen Tausende Heckenvögel in einen Gewitterhimmel jagten, der die Eiskruste der Wintererde mit seinen warmen Wasserkaskaden aufsprengte, bereit machte für den Frühling, den die in schwarzer Luft flirrenden Himmelsgeschöpfe längst zu erwarten schienen, vibrierend vor Glück.

Die Flügel der stockwerkhohen Türen wurden aufgerissen, auf einer mit bleigrauem Samt überworfenen Doppelsänfte, getragen von acht schwarz livrierten, silber betressten Dienern, schwebte Graf von Schönborn neben seiner gichtgekrümmten Schwester in den Palast der überwinternden Orangenbäume, und mit ihm ein dunkel drohender Tanz, mit dem eintretende schwarz gekleidete Musiker den Raum nach und nach überschwemmten. Die Sinfonia erstarb, ertrank in einem schraubenden Rhythmus, der eine nie gehörte Melodie der Klage wie auf Wellen zu schaukeln schien. Pelegrina versuchte sich fieberhaft zu erinnern, wo sie eine solche Musik schon einmal gelesen hatte, Gerolama fällt ihr ein, die Cellistin, die an den dänischen Königshof verkauft worden war, damals, vor, sie weiß nicht mehr, wie vielen Jahren. Da hatte sie ihr solche Noten nachgespielt, in sinnloser Wut hatte sie ihr dieses schmerzerfüllte Geigenstück des deutschen Komponisten Bach mit dem Namen „Ciaccona" aus dem vergitterten Fenster der Pietà nachgeschleudert, hinaus in die seidene Luft der Lagune, als sich die Gondel mit Gerolama dal Cello und jenem widerwärtigen Hellingstad, dessen Geliebte sie zu werden hatte, im Schiffsgewimmel des Hafenbeckens von San Marco verlor.

Jetzt sah sie das rot aufgedunsene Gesicht des Hofzwerges, auch er ganz in Schwarz, wie er beflissen immer mehr schwarz gekleidete Menschen, Männer und Frauen, alle mit weißen Blättern in den Händen, hereinwinkte, aufgeregt um ihr Podium dirigierte, auch den Knabenchor der Wiesentheid'schen Kreuzkapelle, sie sah Diener die Orangen-, Pomeranzen- und Lorbeerbäume mit schwarzen Tüchern überwerfen, als Schönborn seine langfingerige Hand hob, worauf die Woge der Musik auf ihrem Scheitelpunkt erstarrte.

„Signora Pelegrina! Es ist vorbei! Ich sagte es schon! Gestern und den Tag davor! Die Zeit der Buße ist gekommen! Ich tue Buße für mein sündiges Leben an Ihrer Seite! Finito, Pelegrina dal Violin! Der venezianische Karneval ist vorüber, für immer! E finito l'amor!"

Sie starrte in das fahle Gesicht des vierundsechzigjährigen Kaiserlichen Geheimen Rates, ihres Herrn und Liebhabers, dessen Arm noch immer in die Luft ragte, während sie hinter sich wahrnahm, wie die fremden Instrumentalisten schwarz gepolsterte Hocker zwischen ihre Musiker schoben, darauf Platz nahmen, wie der feiste junge Kapellmeister der Schönborn'schen Kirchenmusik wieselflink Notenblätter auf den Pulten verteilte, die Vivaldi-Noten, von denen einige zu Boden glitten, überdeckend, und Aufstellung nahm. Die Hand Schönborns wies auf das neu formierte Orchester, es wurde totenstill.

„Das ist die neue Musik! Teutsche Musik! Passio Secundum Matthaeum – des teutschen Compositore Johann Sebastian Bach aus Leipzig! Lausche Sie! Lerne Sie! Verstumme Sie! Einmal für alle Male!"

Als sich seine geöffnete Hand senkte und auf die noch immer offen stehende Doppeltüre hinter sich wies, begann der Todestanz jener „Passio Secundum Matthaeum" von Neuem. Pelegrina versuchte, in den vertrauten Zügen ihres Herrn und Liebhabers, der sie vor mehr als zwölf Jahren aus dem Orchester der Pietà gekauft hatte, ein Zeichen für die Aufhebbarkeit seines Diktums, für den Zweifel an den eigenen Worten zu erhaschen, konnte aber durch ihren Tränenschleier nur erkennen, wie er die gichtigen Finger seiner verwitweten Schwester umschloss.

Plötzlich fühlte sie ihre Kleider hochgerissen, sie wich zurück, prallte auf den Kapellmeister, wandte sich entschuldigend nach ihm um, wurde von diesem rüde in Richtung des Hofzwerges gestoßen, der das

Holzpodium erklommen hatte, wie ein dicker Hund hechelnd auf sie zu kroch, unter ihren Röcken verschwand, seinen Kopf zwischen ihre Beine trieb und sich, ihre Schenkel umklammernd, aufrichtete, sodass sie auf seinen Schultern zu sitzen kam und im Rhythmus der Musik bewegt wurde wie eine Puppe, die mit weit ausgestreckten Armen die Schwankungen des sich mit ihr drehenden Zwerges auszubalancieren versuchte, um ihr geliebtes Instrument nicht zu gefährden. Ohnmächtig vor Wut hieb sie mit dem Geigenbogen auf ihre Röcke, um den ihre Waden wie mit einem Schraubstock an sich pressenden Zwerg zu treffen, worauf dieser mit einem obszönen Lustgestöhn antwortete, im Sog der Musik nur noch wilder um die eigene Achse torkelte, sie plötzlich in die Innenseite ihres rechten oberen Schenkels biss und diesen wie besessen zu lecken begann.

Sie musste aufschreien, erstickte aber den Laut in der Beuge ihres Ellbogens. In ihrer Verzweiflung rammte sie die Geige unter ihr Kinn, doch ehe sie auch nur einen einzigen Ton ansetzen konnte, spürte sie, wie der Nackenschweiß des Zwerges von ihrem Schoß zu ihrer Gesäßfalte rann. Dann warf sie eine aberwitzige Kadenz aus dem „Gardellino-Konzert" ihres Meisters Vivaldi in die Tränendünung des Todestanzes. Für wenige Augenblicke schien der venezianische Gardellino, der winzige blauhaubige Distelfink, von den Klangfluten des Deutschen verschlungen zu werden, konnte sich aber, flirrend in der Gischt, über die Brandung heben, sodass ein schillernder Regenbogen die Tiefe des Leids mit den höchsten Spitzen der Orangenbaumwipfel zu verbinden schien, bis der Zwerg, auf einen herrischen Verweis Schönborns hin, vom Podium sprang und mit Pelegrina hinkend aus dem gespenstischen Fackelschein des Gewächshauses stolperte.

„Kommt, ihr Töchter, helft mir klagen“, rief ihr der einsetzende Chor nach, als sich der Zwerg bückte und sie von sich auf den Kiesweg stieß, dem sie, Kleid und Unterröcke mit der Bogenhand raffend, durch den Park folgte, bis sie atemlos entlang der Längsfront des Seitentraktes von Wiesentheid rannte, eine Holztüre aufstieß und die Steintreppe hinauf zu ihren Zimmern hastete, vor denen ein Lakai neue Kerzen in die Wandarme steckte.

„Dominik, den Kutscher wecken! Er soll doppelt anspannen! Den kleinen Reisewagen! Jetzt! Gleich! Ich reise die nächste Minute! Rasch!“

Sie steht vor dem purpurroten Prunkkleid, das sie als Mätresse bei großen Anlässen zu tragen hatte. Mit einem Fußtritt stößt sie die Kleiderpuppe von der Tapetentüre, um eine Reisetasche aus dem Kabinett zu zerren, die sie wahllos mit Wäsche, Miedern, Röcken, Kleidern, Geldkatzen und gebündelten Briefen vollstopft, als sie den Chor von ferne „Sehet ihn, den Bräutigam“ singen hört, sie hält inne. „Sehet ihn, als wie ein Lamm!“ Behutsam hüllt sie ihre Geige in den pagodendurchsetzten morgenroten Schal aus Chinaseide, bettet sie in den hirschlederüberzogenen

Holzkasten, entspannt den Bogen, versorgt ihn neben den anderen im Deckel des mit algengrünem Samt ausgeschlagenen Geigenkoffers, verschließt diesen sorgsam, reißt eine Kapuzenpelerine aus der dritten Lade der mit der Lieblingsblume Schönborns, der Feuerlilie, gefassten Kommode, greift das Gepäck und verlässt das Schloss.

Auf dem Weg zur Remise umspielt sie der Wind mit hellen Knabenstimmen, die tosende Klangadern aus pochenden Streichern, fließenden Holzbläsern, rufenden Chören umflechten, „O Lamm Gottes, unschuldig am Stamm des Kreuzes geschlachtet …"

Sie wirft dem Kutscher einen Beutel mit Münzen zu, „Nach Süden! Zur nächsten Poststation! So schnell du kannst!", verstaut ihre Reisetasche auf dem Sitz vor sich, zieht den Wagenschlag in sein messingfunkelndes Kastenschloss und wartet, den Geigenkasten an sich pressend, mit rasendem Herzen darauf, dass die Fuchsstuten anziehen, während der Zwerg, der, um ihren Blick zu erhaschen, fortwährend wie ein schwarzer Ball in die Höhe springt, sein hohnvolles Lebewohl schreit.

„Addio, Maestra! Maestra dell'amore! Die Zeit der Buße ist gekommen! Carne vale! Fleisch, leb wohl! Addio, Pelegrina della Pietà! Saluti a Venezia! E complimenti a Don Antonio, il divino Maestro Vivaldi! Addio! Addio! Per sempre addio!"

Endlich rasselt die Kutsche über den Kies der unabsehbaren Kastanienallee auf das wappengeschmückte Haupttor zu, das der Lakai durch die Wachen öffnen lässt, und verschwindet in den noch immer winterlich kahlen Eichenwäldern, den Hirschgründen des Grafen Rudolf Franz Erwein von Schönborn.

Venedig

Ospedale della Pietà, 1720

„Der Herr ist mein Hirte, mir wird nichts mangeln. Er weidet mich auf einer grünen Aue und führet mich zum frischen Wasser."

Die klare Stimme Pelegrinas war bis in den entferntesten Winkel des riesigen, unverputzten Saales zu hören, sie fand ihren Resonanzraum in der rohen Balkendecke, von der sie sich gleichmäßig über die sechshundert Mädchen verteilte, die auf Holzbänken an schier endlos aneinandergereihten Holztischen vor Hunderten von hellen Fladenbroten saßen, die sie fast geräuschlos in Hunderte von Milchschalen tauchten, um sie als erste Nahrung dieses Frühsommermorgens des Jahres 1720 zu sich zu nehmen, während Pelegrina ihren Wochendienst versah, der ihr auftrug, von der marmornen Lesekanzel neben dem beinahe die ganze Stirnseite des Refektoriums einnehmenden Abendmahlsbild die Mahlzeiten der Waisenmädchen von Santa Maria della Pietà durch das Lesen heiliger Texte dem Profanen zu entziehen und der größeren Ehre Gottes zu weihen, ein Auftrag, dem sie nur zu gerne Folge leistete, handelte es sich doch um die Woche, in der ihr Geburtstag liegen musste, wie ihr die Mutter

Oberin versichert hatte, denn in dieser Aprilwoche vor zwölf Jahren sei sie der allerheiligsten Mutter der Barmherzigkeit anheimgegeben worden, so wie die eintausendeinhundertachtundachtzig anderen Mädchen der Pietà, des berühmtesten Ospedale der glorreichen Republik Venedig.

„Und ob ich schon wanderte im finsteren Tal, ich fürchte kein Unglück; denn du bist bei mir, dein Stecken und dein Stab geben mir Zuversicht."

Pelegrina verstummt, als sie zu Füßen des brotbrechenden Christus die Oberin in der plötzlich geöffneten Flügeltüre stehen sieht, die Blicke von sechshundert mit weißen Leinenbändern eingebundenen Mädchenköpfen auf sich bannend. Eine gefangene Schwalbe sichelt unter den mächtigen Balken dumpf gegen eines der hoch ins Mauerwerk eingelassenen Fenster. Regungslose Stille.

Auf ein Zeichen der groß gewachsenen Frau beendet Pelegrina rasch den abgebrochenen Vers, „... und ich werde wohnen im Hause des Herrn für immer und ewig", was die Oberin mit einem herablassenden „Gelobt sei Jesus Christus" abschließt, worauf alle Mädchen in die Höhe schnellen und wie aus einer Kehle „In Ewigkeit Amen!" rufen.

„Geliebte Figliole!", die hagere Nonne hinter der Oberin bedeutet den Mädchen, ihre Plätze wieder einzunehmen. „Wie ihr wisst, werden uns am heutigen Festtag der heiligen Katharina um die neunte Stunde neun Dutzend unserer geliebten Figlie di Comun, eurer geliebten Sorelle, verlassen, um in der Neuen Welt im Namen unserer gnädigsten Gottesmutter ihre segensreichen Pflichten als Ehefrauen und Mütter an der Seite von mutigen, gottesfürchtigen Siedlern zu übernehmen. Als da sind …"

Die Mädchen wagen nicht, von ihren Milchschalen aufzuschauen, als die Nonne das ledergebundene Geschäftsbuch aufschlägt und mit hoher Stimme zu lesen beginnt: „Maddalena dalla Cucina!" Langsam, ohne den Blick zu heben, steht das dunkelhaarige, Maddalena genannte Mädchen auf. „Geh hin in Frieden!", murmeln die anderen, „Deo gratias!", antwortet Maddalena. „Ursula dal Giardino!" „Geh hin in Frieden!" „Deo gratias!", flüstert Ursula, eine stämmige Blonde. „Anastasia dalla Tessitura!" „Geh hin in Frieden!" „Deo gratias!", das flachsblonde, hoch aufgeschossene Mädchen bleibt stehen wie die vor ihr Aufgerufenen, einhundertfünf Mädchennamen lang.

Pelegrina, die regungslos auf ihrem Lettner verharrte, war gezwungen, die Wirkung des Urteils auf die Betroffenen zu beobachten, sie war bei Anlässen wie diesen bisher immer in der Reihe gesessen, mit gesenktem Kopf wie die anderen, wissend, dass sie nicht gemeint sein würde, sollte ihr doch nach den Regeln der Pietà als Musikerin, als „Figlia di Coro", das Schicksal der „Figlie di Comun", der „gemeinen Töchter", erspart bleiben, als Siedlerbraut in die Länder jenseits des Ozeans verschifft zu werden. Aber die Angst blieb, während ihre Lippen tonlos das geforderte „Geh hin in Frieden!“ formten.

Kein Laut war zu hören, nur die Litanei der schrill gerufenen Namen, beantwortet vom Chor der sechshundert Mädchenstimmen und der einzeln gesprochenen Formel der Danksagung, die zum hundertfachen Ausdruck von Ohnmacht, Wut, Ergebung, Demut, Hilflosigkeit, Gehorsam, Verzweiflung, Selbstverleugnung, Trotz und Angst wurde. Kein Laut, außer dem matter werdenden Flügelschlag der verendenden Schwalbe auf dem Fenstersims, und dennoch flossen Tränen wie Regengüsse über kreidebleiche, totenblasse, über fieberrote Wangen.

„Geliebte Figliole di Comun, folgt nun Schwester Zephira zu eueren Schlafstellen, wo ihr aus den euch anvertrauten Sachen das Nötige für die Reise vorbereitet finden werdet, als da sind: ein Rosenkranz aus Ebenholz, ein leinenes Hemd, ein paar wollene Strümpfe, zwei Überröcke, einer aus Leinen, einer aus Tuch, ein Mieder, ein härenes Brusttuch, ein wollener Mantel, ein Paar lederne Schuhe. Ihr wechselt eure Schürzen gegen den Überrock aus Tuch und das Mieder, welches ihr über dem leinenen Unterkleid, das euch jetzt bekleidet, anlegt, den Rest verschnürt ihr in eueren Schürzen zu einem Bündel, bis auf den Mantel, der euch auf offener See gegen den Wind schützen wird, so wie euch das Schuhwerk sicheren Trittes durch unwegsame Gelände führen wird. Den Rosenkranz aber verwahrt ihr in der Kitteltasche, auf dass ihr ihn betend zur Hand habt. Das Kreuz aus Silber aber, das ihr seit dem Tage euerer ersten heiligen Kommunion an schwarzen oder weißen Bändern um den Hals tragt, sei euch für immerdar ein Zeichen, dass unser Herr nicht Leid noch Tod gescheut hat, um euch von eueren Sünden zu erlösen. Geht hin in Frieden!"

„Deo gratias!", antworteten die Mädchen, und Pelegrina musste mit ansehen, wie die einhundertacht Aufgerufenen versuchten, aus den Reihen zu kommen, indem sie die Bänke überstiegen, gebückt, um keinerlei Aufmerksamkeit auf sich zu lenken, sodass auch die zwischen ihnen Sitzenden aufstehen mussten, bis sich Hunderte von leinenweißen Gestalten ängstlich umeinander drängten wie Lämmer, die, gepfercht in sechs schmale Gassen, ihre Schur erwarteten. Dabei kam es zu fahrigen Berührungen, angedeuteten Umarmungen, Lippen huschten verstohlen über tränennasse Wangen, Hände lösten sich aus Händen, bis sich die zu Siedlerbräuten Bestimmten von den in den Gattern aus Tischen und Bänken Zurückbleibenden gelöst hatten und schweigend hinter Schwester Zephira in dem dunklen Gang verschwanden, der zu den Schlafsälen führte.

Pelegrina wagte nicht, ihren Platz unter den anderen wieder einzunehmen, als die Oberin das Zeichen zum Hinsetzen gab, selbst die Türflügel schloss und mit ruhiger, klarer Stimme fortfuhr, dass es Gott in seiner unendlichen Güte gefallen habe, den Priester seiner Heiligen Kirche, Don Antonio Vivaldi, den hochberühmten Virtuoso und Compositore, nach zweijähriger Abwesenheit als Maestro di Capella am Hof des durchlauchtigsten Prinzen Philipp von Hessen und Darmstadt zu Mantua, nunmehr als Maestro di Coro e de' Concerti dem Ospedale della Santissima Maria della Pietà wiederum zuzuführen.

Pelegrina suchte den Blick Gerolamas, der dunkelhaarigen Cellistin, den diese sofort erwiderte, auch Santinetta dal Clavcin drehte den gesenkten Kopf ein wenig, um zu ihr emporsehen zu können, ebenso die immer heiter gestimmte Prudenza, die ihrer Schalmei die süßesten Töne zu entlocken wusste. Sie alle hatten die Zeit mit Don Antonio nie vergessen, nicht die sonntäglichen Messen, nicht die Oratorien an den hohen Festtagen, von denen weder Venezianer noch Fremde genug bekommen konnten, nicht die Akademien von San Rocco, San Giovanni e Paolo, San Zaccaria, nicht die Concerti vor Hunderten von schwarz verschleierten Zuhörern, deren kalkige Masken sie anstarrten, in den Palästen der vornehmsten Familien Venedigs, der Loredan, der Mocenigo, der Contarini, zu denen sie im goldenen Schimmer der untergehenden Sonne von der Riva degli Schiavoni den Gran Canal hinauf in Gondeln glitten, ein Schauspiel, das sie entbehren mussten, seit dem Tag, da ihr Maestro sie für immer, wie es schien, verlassen hatte, um seinen Ruhm in Mantua zu mehren. Doch jetzt durften sie erfahren, dass Don Antonio mit den Vorbereitungen zum Fest der Allerheiligsten Trinitatis seinen Dienst wieder aufnehmen würde, dass er als Vorboten neue Compositiones gesandt habe, „welche von den Maestre allsogleich zu praktizieren sind". Margherita, Michaela und Cecilia, die wie alle Musikerinnen mit ihrem zwanzigsten Lebensjahr in den Lehrdienst gewechselt waren, neigten ergeben ihre Köpfe.

„Des Weiteren geruhen wir, auf Don Antonios Empfehlung hin, nach reiflicher Überlegung", erhob die Oberin schneidend ihre Stimme, „in moda extra ordine, einer in Famiglia geborenen Figlia namens Anna aus Mantua ihrer von Gott dem Allmächtigen verliehenen Talente wegen unsere Arme zu öffnen, um sie dem disparaten Treiben der Welt für immer zu entziehen, der Vollkommenheit der Musik aber ganz anheimzugeben, zur größeren Ehre unserer allerheiligsten Mutter der Barmherzigkeit und zum Ruhme Venedigs. Santinetta dal Clavcin und Zabetta dal Sopran werden sich ihrer als Maestre in besonderer Weise annehmen."

Die beiden Genannten deuteten eine demütige Verbeugung an, Prudenza zog die Schultern ein, um nicht aufglucksen zu müssen, wobei sie tonlos „in moda extra ordine" wiederholte, was der Oberin nicht entging. Wie ein Peitschenhieb traf sie die obligatorische Schlussformel dieser außergewöhnlichen Morgenverkündigung.

„Figlie di Comun e Figlie di Coro, nützen wir den Tag und die Stunde! Ave Maria …", die Mädchen schnellten in die Höhe, „gratia plena, Dominus tecum“, riefen sie wie aus einem Mund und beendeten das Gebet, ehe sie sich in einer langen Reihe zu je zweien formierten und an ihr Tagwerk gingen, eine jede an den ihr zugewiesenen Platz, die Figlie di Comun in der Küche, in den Magazinen, in den Kellern, den Werkstätten, den Webstuben, den Hühnerställen, zu den Wassereimern in den Gängen und zu den Waschzubern bei der Zisterne im Innenhof.

Zwölf der Dreizehn- bis Sechzehnjährigen begaben sich schweigend in den abgedunkelten, nur von Öllampen erhellten Raum der Ammen, von denen sie die gestillten Neugeborenen empfingen, um sie in der Sala degli Innocenti in ihre Kisten auf fortlaufenden Holzgestellen zurückzulegen, in denen die neuen Findlinge schliefen oder ihre kleinen Arme nach geschnitzten Vögeln, Schmetterlingen, Palmwedeln, Kreuzen, Kochlöffeln, Geigen oder Flöten streckten, die als Spielzeug an Zwirnsfäden über ihren Bettchen baumelten. Die Schreienden nahmen sie auf, legten sie auf leinenüberzogene Strohmatten, die den schmalen, fast zimmerlangen Tisch des Waschganges vor dem Stillraum bedeckten, lösten die ausgebleichten Flanellfaschen, um die kleinen Körper mit feuchten Windeln zu reinigen, die sie in wassergefüllten Ledereimern spülten, ehe sie die Mädchen erneut umwickelten und den leise summenden Ammen übergaben.

„Et incarnatus est de Spiritu Sancto“, wie ein Schleier senkte sich das Gespinst aus Worten und

Harmonien vom Chorsaal durch das Stiegenhaus hinunter auf die Reihe der gehenden Mädchen.

„Und er ist Fleisch geworden durch den Heiligen Geist …“, in ihrem Kopf sang Pelegrina die niederschwebenden Worte des Glaubensbekenntnisses weiter, „… aus der Jungfrau Maria …“, sie würde ihnen auf der Geige das Geleit geben, in der Kirche der Pietà, am nächsten Sonntag, für den dieses Credo Don Antonios angesetzt war, noch ohne seine Anwesenheit. Jetzt konnte sie es kaum erwarten, endlich die Sandsteintreppe zu erreichen, um hinauflaufen zu dürfen, am Chorsaal vorbei, in ihr Übungszimmer, von dem aus sie letzte Blicke hinunterschicken konnte auf die über das große Meer befohlenen Schwestern, deren Schiffe wie immer von der Riva degli Schiavoni ablegen würden, um niemals wiederzukehren.

Sie erklomm einen der hölzernen Betschemel, den sie unter die hoch in die Mauer eingelassene, quadratische Öffnung geschoben hatte, stieg auf dessen Armbank, riss die trüben, bleigeränderten Glasscheiben auf und zog sich an den rostigen Gitterstäben in die Fensterdickung, um die Mole sehen zu können, von der die erste der drei Ruderbarken ablegte. Unter den etwa vierzig, ihre Leinenbündel an sich drückenden Mädchen konnte sie Maddalena dalla Cucina und Monica dalle Stalle erkennen, während weitere vierzig Mädchen begannen, sich auf den schmalen Holzbänken zusammenzudrängen, überwacht von einer grobknochigen Nonne, die ihre Namen auf einer Liste abhakte und diese dem Bootsmann übergab, neugierig beäugt von schwarzen Maskengestalten, Männern und Frauen, die sich in kleinen Gruppen eingefunden hatten, um sich am Schauspiel der Mädchenverschiffung zu weiden.

Plötzlich löst sich Ursula dal Giardino aus der dritten Gruppe, hetzt mit geschürztem Rock über die angrenzende Brücke in Richtung Arsenal, im selben Augenblick flieht Anastasia dalla Tessitura die Riva hinauf zur Piazzetta, während Rosana dalle Malate in der schmalen Gasse der Calle della Pietà unterzutauchen versucht. Wie auf einen geheimen Befehl hin tauchen männliche Gestalten aus dem Schatten des Ospedale und nehmen zu je zweien die Verfolgung auf. Die gaffenden Masken stieben auseinander, zerstreuen sich ein paar Schritte hinter die Flüchtenden, gierig darauf, sich kein Detail der Jagd entgehen zu lassen. Pelegrina presst ihre Stirn gegen den scharfen Falz einer Gitterstange, „Ave Maria, gratia plena, lass sie entkommen, Mutter des Herrn, schenk ihnen die Freiheit, schenk ihnen die Freiheit!“. Ihre Zunge vermag ihr Blut nicht von ihren Tränen zu unterscheiden, als sie mit ansehen muss, wie sechs Schergen der Pietà unter den höhnischen Rufen der Masken zwei der sich windenden, um sich schlagenden Flüchtigen zurückschleppen und die wild strampelnden Beine der Mädchen in Fußketten legen, die ihnen der Schiffskommissar gereicht hat.

„Figlie di Puttane! Hurentöchter! Schande unserer

Stadt! Weg mit euch! Condannate! Verfluchte! Weg mit euch! Addio! Addio! Per sempre addio! Figlie di Puttane! Di Puttane! Condannate! Per sempre addio!“

Wie von vier Schraubstöcken gehalten, humpeln die Mädchen durch ein schreiendes, spuckendes Maskenspalier auf die mit gehobenen Rudern sich langsam von der Mole lösende dritte Barke zu, der sie von den Knechten wie angeschossene Enten nachgeworfen werden, aber Rosana ist nicht unter ihnen. Ohnmächtig vor Mitleid und Wut gleitet Pelegrina aus der Fensterdickung, findet ihre Übungsgeige auf dem Sockel des vierfachen, mit den Solostimmen aus der Sammlung „L'estro armonico“ belegten Notenpultes, erklettert die Armbank des Betschemels wieder und hofft verzweifelt, die Scheidenden mit dem zärtlich wiegenden Larghetto des ihr zur Übung anbefohlenen D-Dur-Concertos von Don Antonio zu trösten, während unten, im Hafenbecken von San Marco, die drei Barken ins Gegenlicht tauchen wie schwarze Schiffe von Verdammten.

Venedig

Ospedale della Pietà

Girò schien sich unter dem Blick des riesenhaften Gekreuzigten förmlich zu krümmen, so sehr war er in das zweiseitige Dokument vertieft, das ihm die junge Nonne auf der langen Refektoriumstafel im Kontor der Pietà aufgeschlagen und zusammen mit Feder, Tinte und Streusand zugeschoben hatte. Selbst mit aufgesetzter Brille hatte er Schwierigkeiten, dem Sinn des Vertrages über die Abtretung seiner Tochter Anna zu folgen, der ihm vor mehr als einer Stunde im Piano Nobile des Ospedale vorgelegt worden war, zudem hätte er nicht zu sagen vermocht, von wem er sich mehr beobachtet fühlte, vom unerbittlichen Blick im Antlitz des sterbenden Christus oder von den Albinopupillen der mädchenhaften Ordensfrau, die, von Zeit zu Zeit lächelnd, das einzige zuoberst liegende Goldstück von einem Münzturm fast lautlos auf einen der fünf anderen legte. So fühlte er sich erleichtert, als die Oberin mit einem Bündel eintrat, in dem er die zusammengefalteten Kleider seiner Tochter zu erkennen glaubte. Er erhob sich, küsste den Ring der ihm über der bernsteinfarbenen Tischplatte hingestreckten Hand und vollzog in einer angedeuteten Verbeugung den Weg der mannsgroßen Ordensfürstin nach, bis sie sich an der Stirnseite des Tisches unter den nageldurchbohrten Füßen des gemarterten Erlösers niederließ, worauf auch er seinen Platz wieder einnahm, zögernd, abwartend, ob er angesprochen werden würde. Das leise Klicken der Goldmünze ließ ihn unvermittelt beginnen.

„Die Summe ist …“

„Beträgt sechzig venezianische Dukaten“, unterbrach ihn die Oberin.

„Aber ich habe selbst schon mindestens vierzig Dukaten in ihre Ausbildung investiert, unter den größten Entbehrungen. Und Maestro Vivaldi versicherte uns, dass sie zu den allergrößten Hoffnungen Anlass gibt, er meinte …“

„Nur der gütigen Fürsprache Don Antonios, eines Priesters der Heiligen Kirche, ist es zu danken, dass wir uns überhaupt erweichen ließen.“

Girò wagte nicht, von dem vor ihm liegenden Vertrag aufzusehen.

„Unser, ich darf in aller Demut sagen, hochgerühmtes Institut nimmt keine wie immer gearteten Talente auf, wir bilden selbige aus weggelegten, namenlosen Kindern der Krankheit, des Todes und der Sünde, die wir um Christi willen im Zustand ihrer nachgeburtlichen, frühesten Unschuld, und nur in diesem, als Töchter der allerheiligsten Mutter der Schmerzen aufnehmen und erziehen zur Ehre Gottes und zum Ruhme unserer glorreichen Stadt Venedig.“

Sie war aufgestanden und an das hinter ihm liegende der fünf Fenster des Kontors getreten. „Um Don Antonios Rückkehr willen, und nur derenthalber, geruhen wir diese Ausnahme zu machen, Signor Girò."

Girò drehte sich langsam nach der schwarzen Gestalt um, die unverwandt über das flimmernde Wasser auf die Klosterinsel von San Giorgio Maggiore zu sehen schien.

„Aber es steht Ihnen frei, Ihre Tochter wieder mitzunehmen. Abgeschnittene Haare wachsen schnell."

Er zog sich am Knauf der hohen Rückenlehne seines lederbespannten Sessels auf, worauf sich die Oberin nach ihm umwandte und ihn beruhigend am Unterarm berührte, sodass er sich wieder setzen musste.

„Und für den Fall, dass Sie uns Ihre Tochter überlassen, gegen die festgesetzte Summe, erlischt Ihre Vaterschaft sowie die Mutterschaft von Annas leiblicher Mutter, es erlöschen jegliche Familienbande, von nun an bis in Ewigkeit, Signor Girò."

Er starrte sie an, als sie leichthin fortfuhr: „Bei Handlungen wider diesen Kontrakt haben Sie sich, sowie alle Mitglieder Ihrer Familie, vor dem venezianischen Gesetz zu verantworten, dessen Rechtsprechung unerbittlich ist, wie Sie vielleicht wissen – Signor Girò, die Glocke will uns an den Abendsegen, aber auch an das feierliche Gelübde Ihrer Tochter Anna erinnern."

Wie aus weiter Ferne nahm der mächtige, bärtige

Mann das silbrige Läuten einer Glocke wahr; er schien zu träumen, als er nach der Feder griff, die er in das gläserne Tintenfass tauchte, um das Dokument unter den kaum hörbaren Worten „In Gottes Namen“ zu unterschreiben.

„Amen“, setzte die Oberin begütigend hinzu. „Und freuen wir uns in Christo über die unendliche Gnade der allerheiligsten Mutter der Pietà, die wiederum ein verlorenes Kind als Tochter annimmt und mit dem weiten Schutzmantel ihrer göttlichen Liebe umhüllt“, währenddessen Girò den unterzeichneten Vertrag drehte und ihn der mädchenhaften Nonne zuschob, die die Unterschrift mit feinem Sand überstreute, nachdem sie sie Buchstabe für Buchstabe überprüft hatte. Dann drückte sie das Kleiderbündel in Richtung des Vaters, dann das in sechs Türmen aufgeschichtete Geld, das Girò Stück für Stück in einen mitgeführten Lederbeutel zählte.

Wie tastende Finger suchten die ersten Geigentöne Pelegrinas ihren Weg durch das linke der engmaschigen hölzernen Gitter der Oratorien zu beiden Seiten über dem Altar der nur auf einer Seite mit drei hoch ins Mauerwerk eingelassenen Bogenfenstern versehenen Kapelle der Pietà, ehe die anderen einstimmten, die verhaltene Orgel, die tieferen Streicher, und den Gruß an die Himmelskönigin ins fahle, rauchgeschwängerte Licht der voll besetzten Kirche geleiteten.

„Salve, Regina, mater misericordiae; vita, dulcedo et spes nostra, salve!“

Niemals, so schien es Pelegrina, hatte Veronica dal Alto die Worte „Sei gegrüßt, Königin, Mutter der Barmherzigkeit …“ flehentlicher gesungen; als wären sie ein Gebet für das Mädchen, das da unten in ihrem weißen Kleid mit ausgebreiteten Armen barfuß auf den Steinplatten lag und jetzt von zwei Nonnen in die Knie genötigt wurde, während sich zwei andere der Gruppe näherten und ein mit weißer Spitze gefasstes Tuch auf dem Boden ausbreiteten.

„Unser Leben, unsere Süße, unsere Hoffnung, sei gegrüßt!“

Der Oberkörper des blonden Mädchens wurde über das Tuch gedrückt, ihre Arme blieben ausgebreitet wie die gespreizten Flügel einer von vier Krähen überwältigten weißen Taube. Fast zärtlich hob die eine die Haarflut über den Kopf der Knienden in die große geöffnete Hand der anderen, die sich schloss, als ihre Rechte langsam und bedächtig mit einem schwarzen Schneideisen durch die sonnenhelle Kaskade pflügte, um sie von ihrem Ursprung zu trennen und sorgsam auf das Laken zu legen.

„Dich rufen wir an, wir verbannten Töchter Evas.“

Für blonde Haare zahlen die Perückenmacher im Castello-Viertel die höchsten Preise, schoss es Pelegrina durch den Kopf, als sich die Blicke der beiden Mädchen begegneten und für die Zeitspanne ineinandertauchten, derer es bedurfte, um niederzuknien und eine brennende Kerze gereicht zu bekommen.

„Dich flehen wir an, stöhnend und weinend in diesem Tal der Tränen. O gnädige, o fromme, o süße Jungfrau Maria."

Das Mädchen wurde aufgehoben, auf einen Hocker gesetzt, an ihren ausgestreckten Armen zurückgebogen, sodass sie auf den schwarz verhängten Oberschenkeln der ins Knie gegangenen Nonnen zu liegen kam, indessen die restlichen Haare abgeschnitten und neben die anderen auf das hinter sie gewechselte Tuch gelegt wurden, das zwei der schwarzen Gestalten sorgsam zusammenrollten und in die Sakristei trugen.

„O clemens, o pia, o dulcis Virgo Maria."

„Anna, widersagst du dem Teufel?" Die schneidende Stimme der Oberin hallte in die letzten Noten des Nachspiels, das die leitende Maestra sofort abwinkte.

„Ich widersage", antwortete schnell die eine neben Anna stehende Nonne, während sich die andere zu ihr niederbeugte, um Anna zum Nachsprechen aufzufordern, indem sie ihre linke Schulter umklammerte.

„Ich widersage", stammelte Anna.

„Und allen seinen Werken?"

Jäh fuhr sie herum und sah, wie ihre Eltern zusammen mit Paolina, ihrer Halbschwester, die Kapelle verließen, ohne ihren Blick erwidert zu haben, gleichzeitig fühlte sie ihre Schulter wie mit einem Nagel durchbohrt.

„Ich widersage."

„Und all seiner Pracht?"

„Ich widersage."

„Und all seiner Kunst?"

Pelegrina krallte sich in das Gitter des Oratoriums, sie starrte hinunter in das Halbdunkel des Kirchenraumes, um die Augen Annas erneut auf sich zu ziehen, sie nickte ihr zu, „Ich widersage", antwortete Anna. Während des ganzen Großen Taufgelübdes nickte sie ihr zu und Anna wiederholte „Ich widersage", bis die Oberin mit den Worten „So nimm den Mantel der Barmherzigkeit und verhülle dich mit dem Schleier der Keuschheit und sei um der Liebe Christi willen angenommen als Tochter der allerheiligsten Mutter Maria della Pietà. Der Friede des Herrn sei mit dir, Anna!" schloss, Anna umarmte und den gregorianischen Choral des „Gloria Patri" anstimmte, den die Mädchen mit dem immer gleichen „Und dem Sohn und dem Heiligen Geist, wie es war im Anfang, so auch jetzt und immer, und von Ewigkeit zu Ewigkeit. Amen" beendeten.

Venedig

Ospedale della Pietà

Das Mondlicht in dem kirchenhohen Saal mit den unerreichbaren, hoch über dem Innenhof der Pietà mündenden Fenstern schien nur auf dem Fresko des in einem Olivenhain betenden Christus zu liegen, nicht auf seinen in einiger Entfernung von ihm schlafenden Jüngern und nicht auf den einhundertzwanzig tief im Schlaf atmenden Mädchen in ihren entlang der unverputzten Wände gereihten und in der Mitte des Raumes Kopf an Kopf zusammengestellten Betten.

„Anna?"

– – –

„Du heißt doch Anna?", flüsterte Pelegrina.

„Ja", hauchte Anna kaum hörbar.

„Weinst du?"

„Nein."

„Tut's sehr weh?"

„Der linke Arm."

„Das Brandmal?"

„Ja. – Du spielst gut. Wie heißt du?"

„Pelegrina dal Violin."

„Klar, dal Violin."

„Du wirst auch so einen Namen bekommen, je nachdem, was du kannst."

„Ich weiß."

Wie ein sicherndes Tier hebt Pelegrina ihren dunkelhaarigen Kopf, um sich zu überzeugen, dass keine Gefahr droht.

„Wie ist es dort, wo du herkommst?"

„Anders, anders als hier. Wege, Straßen, Kutschen, Mauern, Felder, Berge."

„Ich habe noch nie einen Berg gesehen, und auch kein Feld."

„Und ich habe noch nie Häuser im Wasser gesehen, mit Schiffen dazwischen."

„Die Schiffe heißen Gondeln."

„Gibt es hier nur Wasser?"

„Ja."

„Überall?", wird Anna lauter und stützt sich auf.

„Scht!" Pelegrina drückt zart ihren rechten Handteller gegen den Mund des Mädchens, dessen blonde Haarbüschel im Mondlicht zittern. „Überall, ja, und Häuser dazwischen."

Anna löst ihren Kopf um Haaresbreite aus der Handfläche. „Kannst du schwimmen?"

„Nein. Und du?"

„Nein." Die Stirn des neu aufgenommenen Mädchens aus Mantua berührt das rosshaargefütterte Leinenkissen, als sie fragt: „Kann man hier überhaupt nicht weglaufen?"

„Nein."

„Wo ist das Land?"

„Ich kann es dir zeigen."

„Wie?"

„Komm!"

Sofort schlägt Anna ihre dünne wollweiße Filzdecke zurück, Pelegrina hält sie fest.

„Du musst aber ganz leise sein. Es ist verboten!"

„Was?"

„Das Land sehen. – Und nimm deinen Mantel mit, er schützt uns in der Dunkelheit."

Sie öffnet lautlos die mit einem Marienbild versehene Holztüre des schmalen, über dem Armbrett einer Betbank angebrachten Schrankes, der neben jedem der Betten einem jeden der Mädchen als Aufbewahrungsort anvertrauter Kleidungsstücke und Habseligkeiten zugeteilt ist. Anna vollzieht Pelegrinas Bewegungen nach, nimmt den schwarzen Wollmantel über den Arm und folgt ihr barfuß durch die endlose Reihe schlafender Mädchen bis zur Stirnseite des Saales unter ein riesiges Kruzifix, von dem Pelegrina auf Zehenspitzen eines der das Kreuz in der Wand haltenden Eisenbänder herauszuziehen versucht. Plötzlich steht ein stämmiges, größeres Mädchen hinter ihnen, löst fast lautlos das armbreite Winkeleisen aus dem Mauerwerk, schleicht zum rechten der niederen Holzportale, die dicht an den Ecken des Raumes eingelassen sind, schiebt das Eisen zwischen Wand und Türplanke, führt es nach oben, bis Pelegrina die Türe an sich ziehend einen Spalt breit zu öffnen vermag, gerade so weit, dass die Mädchen durchschlüpfen können. Im dahinter liegenden Gang lässt sie den Verschlussbalken wieder in seine Eisenhalterung gleiten. Anna folgt den beiden Mädchen wortlos durch einen schmalen Treppenschacht nach oben in einen, wie ihr scheint, haushohen Dachboden, in dem die Ältere auf eine Kiste steigt und ein winziges Gaubenfenster öffnet, durch das sie sich auf die breiten Ziegel des Daches der Pietà ziehen. Pelegrina läuft gebückt zu einer Dachdeckerleiter, die sie an einen frei stehenden, terrassenartigen Balkon lehnt, den sie nacheinander erklettern.

„Wo sind wir hier?"

„Auf dem Altan unseres Ospedale", erklärt das Mädchen, das sie heraufgeführt hat, selbstsicher. „Wir dürfen hier nie herauf, nur die Nonnen, und die haben einen bequemen Aufstieg von der anderen Seite, der aber streng bewacht ist. Hier oben bleichen sie ihre Haare in der Sonne – mit Zitronensaft! Das ist streng geheim und auch verboten, denn eigentlich dürften sie ja gar keine Haare mehr haben, aber sie lassen sie trotzdem wachsen, und dann bleichen sie sie hier oben. – Schau endlich hinunter, das ist von jetzt an auch deine Stadt!"

Anna verschlägt es den Atem. „Was ist das?"

„Das ist das Hafenbecken von San Marco."

„Nein, die Lichter, die übers Wasser ziehen."

„Das sind Barken, mit denen sie zum großen Kanal fahren, zu ihren Festen in den Palazzi. Schau, dort drüben, das ist der Palast des Dogen, und dahinter, gleich neben dem Campanile, siehst du die vielen Kuppeln?“

„Ja.“

„Das ist der Dom des heiligen Markus, wo sie die tollste Musik machen! Vier bronzene Pferde stehen über seinem Eingang, die haben sie vor vielen Jahren in Byzanz gestohlen. Du wirst sie schon noch von Nahem sehen, wenn wir über den Platz gehen dürfen, um dort in einem der riesigen Festsäle der Prokuratien Konzerte zu spielen.“

„Und die schwarzen Schiffe?“

„Das sind die Gondeln! Jeder, der etwas auf sich hält, fährt mit der Gondel, und die vornehmsten Familien haben eigene, und die Gondolieri sind die wichtigsten Männer der Stadt, sie dürfen sogar umsonst in die Oper, die wissen einfach alles, was sich in Venedig abspielt!“

„Und wo ist das Land?“

„Dort, hinter den kleinen Lichtern auf den Inseln“, antwortet Pelegrina und lenkt Annas Blick über das hinter den Kuppeln von San Marco auffunkelnde Häusermeer.

„Das sind doch Wolken, die am Boden liegen!“

„Hab ich auch geglaubt, früher.“

„Anna, das sind die ganz hohen Berge, auf denen der Schnee niemals schmilzt. Don Antonio hat das gesagt, als er einmal mit uns hier oben war“, wirft Pelegrina belehrend ein.

„Auch geheim. Wir dürfen hier nämlich nicht herauf, wie ich schon sagte."

„Warum?"

„Weil wir uns nicht zeigen dürfen!"

„Außer im Konzert", stellt Pelegrina mit Bestimmtheit fest.

„Was spielst du?

„Salmoè. Ich heiße auch so, Prudenza dal Salmoè."

„Und was ist das, ein Salmoè?"

„Sie klingt so ähnlich wie ein Clarinetto, nur süßer. Don Antonio hat sie wieder bei uns eingeführt, bevor er nach Mantua ging. Jetzt kann ich sie spielen. Aber man braucht einen langen Atem. Clarinetto kann ich auch, aber so heißen schon Giulietta und Pia. ‚Dal Salmoè' ist mir auch lieber, klingt interessanter, findest du nicht?"

Mit einem plötzlichen „Schscht" beendet Pelegrina Prudenzas Geplapper. Sie beugt sich weit über die Brüstung und bedeutet den beiden anderen, es ihr gleichzutun, dann zeigt sie nach unten und legt ihre Hand wie eine Muschel an ihr Ohr. Nach wenigen Augenblicken vermögen die Lauschenden in dem brodelnden Bodensatz aus Geräuschen die leisen Schreie eines Neugeborenen auszumachen. Pelegrina zeigt auf eine verhüllte, maskierte Frauengestalt, die entlang des gegenüberliegenden Hauses in die Gasse des Ospedale huscht und senkrecht unter ihnen das schreiende Bündel durch die Außenwand der Pietà schiebt, einen Glockenzug betätigt, sich bekreuzigt und, ohne sich umzusehen, im Dunkel der Gasse verschwindet.

„Was war das?“, flüstert Anna.

„Vielleicht eine neue Fagottistin“, erwidert Prudenza lakonisch.

„Oder eine Braut für einen Siedler jenseits des Ozeans“, fügt Pelegrina nachdenklich hinzu.

„Dann bringt sie zumindest etwas in die Kasse“, schließt Prudenza ab.

„Ich versteh nicht.“

„So sind wir alle hierher gekommen“, Pelegrina fährt Anna scheu durch die Büschel ihrer frisch geschnittenen Haare, „außer dir.“

„Wie, hierher gekommen?“

„Na, auf die Welt gekommen und gleich abgegeben, damit sich unsere Mütter nicht an uns gewöhnen. Abgeliefert, da unten, und niemand hat's gesehen und niemand kennt die Mütter und niemand weiß, woher wir kommen und wer wir sind!“

„Prudenza, lass doch!“

„Ehrwürdige Maestra Pelegrina dal Violin, die Wahrheit darf ich doch wohl noch sagen, wenigstens hier oben unter dem keuschen Mond! Das musst du dir einmal anschauen, Anna, da unten in der Calle della Pietà, schaut aus wie ein Flügelaltar, der von rosaroten, gedrehten Marmorsäulchen unterteilt ist, allerliebst! Nur, dass du das mittlere Feld aufmachen kannst wie eine Ofenklappe, das ist die ‚Scaffetta‘, und da stecken sie uns hinein, läuten, hauen ab und kümmern sich überhaupt nicht um das, was da groß und deutlich in Stein gemeißelt steht: Fluch und Bann schleudert Gott gegen jene, die ihre Söhne und Töchter, seien es legitime oder natürliche, in dieses Hospedale della Pietà stecken oder stecken lassen, wenn sie Mittel und Möglichkeiten haben, sie selbst aufzuziehen", leiert Prudenza. „Wie geht's weiter, Pelegrina? Wir mussten das nämlich alle auswendig lernen, in Latein! Sie sind …"

„Sie sind zum Ersatz aller Schäden und Auslagen für jene verpflichtet …, aber du weißt doch, dass das noch nie passiert ist, Prudenza!"

„Vielleicht können sie kein Latein! Steht aber da, sollte mal jemand übersetzen: Sie können ihrer Sünden nicht losgesprochen werden, wenn sie diesen Pflichten nicht nachkommen!"

„Das ist sogar ein Bannfluch vom Papst, von Fünfzehnhundertachtundvierzig!"

„Hat sich aber noch niemand drum geschert! Nur Buben geben sie schon seit mehr als hundert Jahren keine mehr bei uns ab, die werden meistens von den Bauern auf der Terraferma adoptiert, sind ja billige Arbeitskräfte, oder sie kommen gleich auf die Landgüter der Pietà, von wo wir unsere Lebensmittel erhalten. Aber wir, schwupp, hinein, Glocke, bim bim, und ab! Und dann kommt die Diensthabende, die Schwester Portinara, trägt uns in eine Kammer, legt uns auf einen Tisch, wickelt uns aus und schaut nach, ob wir ein Zipfelchen haben. Und wenn wir kein Zipfelchen haben, werden die Schwester Scrivana und die Schwester Chirurga verständigt, die dann gleich gelaufen kommen. Die Schwester Scrivana registriert uns, also Tag und Stunde unserer Abgabe und wie alt wir ungefähr sind, und ob wir eine halbe Münze bei uns haben. Einigen von uns wird nämlich so eine halbe Münze mitgegeben, und die werden manchmal von ihren Eltern später ausgelöst, gegen Geld natürlich, wenn sie die dazugehörige andere Münzhälfte vorweisen können. Aber das passiert den wenigsten. Dann bekommen wir eine Eingangsnummer und dann werden wir von der Schwester Chirurga gestempelt und in die Sala degli Innocenti gebracht und es kann losgehen!"

„Wie, gestempelt?"

„Na, so wie du heute! Nur, dass wir uns nicht mehr daran erinnern können, weil wir zu klein waren, aber das Zeichen haben wir alle. Da, schau!"

Pelegrina löst das Band um ihr Handgelenk und schiebt den weiten Ärmel ihres Leinenunterkleides über die Schulter, sodass Anna das eingebrannte Zeichen der Pietà auf ihrem linken Oberarm erkennen kann.

„Und was bedeutet es?"

„Erkennst du das nicht? Das ist ein P, es steht für Pietà, aber es ist nicht irgendein P, sondern ein ganz besonderes, schau genau hin! Es ist nämlich zusammengesetzt aus einem großen D, das auf einem Kreuz steht, du siehst doch den Querstrich im Stamm von dem P! Und was mag das wohl bedeuten?"

Anna hebt den Blick fragend von Pelegrinas Oberarm zu Prudenza.

„Na, das große D steht für Deus, also für Gott, und der steht auf dem Kreuz von seinem Sohn Jesus und aufeinandergestellt ergibt das ein P, das eben Pietà bedeutet, also Barmherzigkeit, und damit sind wir gemeint, weil sie uns aus Barmherzigkeit angenommen haben. Und damit wir das ja nicht vergessen, brennen sie es uns in den Arm. Und natürlich, dass sie uns unser ganzes Leben lang erkennen oder wiederfinden können, wenn wir zum Beispiel abhauen oder unseren Namen ändern sollten“, erklärt Prudenza fachkundig, „Zeig deins!“, worauf Anna vorsichtig den Ärmel über ihren Oberarm zieht. „Das eitert ja, sieht richtig übel aus! Musst Essig drauftun oder Trester! Frag Apollonia dalla Cucina, die kann dir das geben. Da kann man wirklich von Glück reden, dass wir wenigstens unseren Stempel nicht mitbekommen haben.“

„Das wird schon!“ Pelegrina tupft mit dem Saum ihres Unterkleides die Nässe von Annas Wunde.

„Also, erst wird man gestempelt und dann, was geht dann los?“

„Alles! Unser erbärmliches Leben eben! Nachdem sie uns gebrandmarkt haben, werden wir getauft und gestillt und gewaschen und gestillt und gewaschen und gefüttert, bis sie uns zu irgendetwas einteilen können. Sie probieren uns aus, sie stellen mit Aufgaben regelrecht fest, wozu wir geeignet sind, mindestens vier Jahre lang, und dann werden wir geteilt, in die Figlie di Comun, das sind die, die Krankenschwestern werden oder Köchinnen oder Mägde oder Spinnerinnen oder Weberinnen oder Näherinnen oder Perückenmacherinnen oder Gärtnerinnen oder Nonnen, was du willst, wir haben alles; das erkennst du sofort an den Namen, die sie uns geben, wenn sie das herausgefunden haben. Die anderen werden Figlie di Coro, wenn sie begabt sind, und das sind wir! Im Vergleich mit den gemeinen Töchtern sind wir gar nicht so viele, vielleicht achtzig, höchstens hundert, die anderen sind sicher tausend, die werden ja auch dutzendweise verkauft, zum Beispiel als Siedlerbräute in die Neue Welt, jenseits des Ozeans. Erst vorletzte Woche sind wieder neun Dutzend ausgeliefert worden, du wirst das schon noch erleben!“

„Prudenza, wir sollten uns jetzt langsam wieder in unsere Betten legen, du weißt, was passiert, wenn Maria etwas mitbekommen hat!“

„Maria! Maria dal Flauto! Die soll sich nur in Acht nehmen, sonst fang ich wieder eine von unseren Bienen und setz sie ihr nachts auf die Lippen, dann ist es für einige Konzerte vorbei mit dem Flötenspielen, dann kann sie hier versauern! Maria dal Flauto! Daran siehst du, welche Namen sie uns geben. Wir heißen wie das, was wir spielen oder singen. Aus uns, den Figlie di Coro, machen sie nämlich Musikerinnen: Organistinnen, Cembalistinnen, Kontrabassistinnen, Cellistinnen, Gambistinnen, Violinistinnen wie Pelegrina, Paukistinnen, Trompeterinnen, also

Clarinospielerinnen, Posaunistinnen, Fagottistinnen, Klarinettistinnen, Oboistinnen, Flötistinnen, Mandolinistinnen …"

„Oder Schalmeienspielerinnen wie dich! Bist du bald fertig?"

„Ja, oder so exzellente Salmoèspielerinnen wie mich! Oder Choristinnen und Solistinnen, wir sind nämlich alles, Bassistinnen, Tenoristinnen, Altistinnen, Sopranistinnen …"

„… wie ich! Ich werde nämlich Opernsängerin! Maestro Vivaldi wird mich dafür ausbilden, deshalb bin ich hier! – Hört ihr das?"

„Was?"

„Na, dort drüben, die Musik! – Das ist aus einem Dramma per musica, das Maestro Vivaldi für Mantua komponiert hat!"

„Dramma per musica!", äfft Prudenza pathetisch nach.

„Ja, Dramma per musica! Oper eben, und genau die will ich singen! Seine Opern, in irgendeinem dieser vielen berühmten Theater hier!" Sie schwingt sich über die Brüstung und klettert flink bis zum Dachfirst, wo sie die Arme ausbreitet und zu balancieren beginnt. „Maestro Vivaldi hat gesagt, dass es fast ein Dutzend sind!"

Die beiden Mädchen sehen einander entsetzt an, dann starren sie mit angehaltenem Atem auf die leise singende, wie eine Schlafwandlerin über die Dächer Venedigs tanzende Anna.

Venedig

Ospedale della Pietà

Wie ein Sturm war das „Credo“ vorübergezogen, das „Sanctus“ schien die Sonnenflut dieses strahlenden Maisonntags geradezu hineinzusaugen in die zum Bersten gefüllte Kirche der Pietà, in der sich das ganze illustre Venedig eingefunden hatte, um die Rückkehr seines geliebten und berühmten Virtuosen und Komponisten Antonio Vivaldi zu feiern, eines Sohnes der ruhmreichen Republik und Priesters der Heiligen Kirche. Die Mitglieder der vornehmsten Familien, der Contarini, der Dandolo, der Spinelli, der Foscarini, kampierten mit ihren Gästen in den von Lakaienheeren aus den Palazzi herbeigeschafften goldüberbordenden Sesseln und Sänften auf prächtigen orientalischen oder fernöstlichen Teppichen, umgeben von stadtbekannten Persönlichkeiten, höchsten kirchlichen Würdenträgern wie dem ferraresischen Kardinal Tommaso Ruffo, der mit seinem blutjungen Günstling, dem angehenden Priester Guido Marchese Bentivoglio d’Aragona erschienen war, ruhmreichen Kriegsherren wie dem Marschall Giovanni Mattia Schulenburg samt Damengefolge, dem Bezwinger der Türken von Korfu und Peterwardein, der sich einen der morgenländisch anmutenden Palazzi am Gran Canal als Alterssitz ausersehen hatte, von Gesandten aller Höfe und Länder, neugierigen fremden Beobachtern und spitzenverhängten weißen Masken, die sich unter ihren schwarzen Dreispitzen zwischen den vor dem Eingangsportal kauernden Bettlern wie Todesboten ausnahmen.

Unter dem Verkündigungsbild des Hochaltares neigt sich jetzt der schmale vierzigjährige Priester, um dessentwillen ganz Venedig das Gotteshaus der Pietà belagert, galant auf die vor ihm auf einer kreisrunden, goldenen Patene liegende Hostie, nimmt sie mit seinen feingliedrigen Händen auf und spricht die Wandlungsworte „Denn in der Nacht, da er verraten wurde, nahm er das Brot in seine heiligen und ehrwürdigen Hände, dankte, brach das Brot und gab es seinen Jüngern mit den Worten: Hoc est enim corpus meum", um dann unter dem silbrigen Geläut der Glockenbündel von vierundzwanzig Ministranten vorsichtig vor ihr in die Knie zu sinken, sich, an der Altarplatte festhaltend, wieder aufzuziehen, die kornfarbene Scheibe für alle sichtbar in die durch das rückwärtige Fenster einfallende Sonnenbahn zu recken, begleitet vom zwölffachen Gerassel der silbernen Weihrauchfässer, dann wiederum das Knie zu beugen und mit dem malachitbesetzten Kelch dasselbe Ritual noch einmal zu vollziehen. „Hic est enim calix sanguinis mei, mein Blut, das für euch und für viele vergossen wird, zur Vergebung der Sünden."

Während die Diakone und Subdiakone die lateinische Sendungsformel von Tod, Auferstehung und Verklärung sprechen, tritt Vivaldi, ohne sich umzuwenden, einen Schritt vom Altar zurück und öffnet die Arme, worauf sich ihm zwei der ministrierenden Knaben nähern, in die Knie gehen und ihm auf samtroten Kissen Geige und Geigenbogen entgegenhalten, die er, ohne auf die Instrumente zu sehen, aufnimmt, mit den Fingern seiner linken Hand über die Saiten seiner Violine wie über die einer Harfe gleitet, um die Stimmung zu prüfen, und sie ansetzt.

Es war, als würden Hunderte von Menschen den Atem anhalten, selbst die weihrauchgeschwängerte Luft schien stillzustehen, als er den Bogen hob und auf dem Scheitelpunkt der Bewegung stehen ließ. Plötzlich war, auf sein kaum wahrnehmbares Einatmen hin, ein vibrierender Orgelklang im Raum, den ein achtfaches Cello-Pizzicato pochend rhythmisierte, zwei schwingende Takte lang, bis seine Geige mit dem dritten begann über die Herzschläge zu fliegen wie ein selbstverloren gleitender Vogel über die Seelenlandschaften seiner Zuhörer.

Als sich Pelegrina erstaunt nach Teresa an der Orgel umsah, lächelte diese verschmitzt zurück und Gerolama verortete mit ihren gezupften Koordinaten wie zufällig die aller Erdenschwere ledige Violinenkantilene Don Antonios in der Atmosphäre ihrer Harmonie, die Renata, im Takt den Blasebalg tretend, wie einen blühenden Garten zu durchstapfen schien.

Anna löste sich plötzlich aus dem Chor und stand neben der Freundin am Gitter des Auditoriums, um auch einen Blick auf den geigenden Maestro werfen zu können, den Verursacher ihrer klösterlichen Adoption. Pelegrina wies hinunter auf die zahllos aufleuchtenden Glaskreise der Taschenfernrohre, mit denen die neugierigen Besucher versuchten, dem Dämmerlicht der vergitterten Emporen Gesichter und Gestalten der Mädchen zu entreißen, sich jetzt aber auf Vivaldi richteten, der sich spielend dem Auditorium zuwandte.

„Da, schau, du angehende Opernsängerin, da sitzt der alte Santurini, einer der gerissensten Impresarii Venedigs", flüsterte Pelegrina, „und neben sich hat er seinen Primo Uomo, das berühmteste Zugpferd des Teatro Sant'Angelo, den in allen Theatern Europas vergötterten Kastraten Antonio Bernacchi, dort, in seinem weißgoldenen Brokatrock! Und gleich davor, in ihren strengen, vogelartigen Perücken, die Marcello-Brüder, Alessandro und Benedetto, auch Komponisten, eine alte Grafenfamilie, der das Opernhaus von Sant'Angelo gehört. Das sind die Feinde von Santurini, weil sie ihm das Theater wegnehmen wollen, um es vom Schmutz des Glücksspiels und der Kurtisanen zu reinigen, wie sie überall verkünden. Der Kerl dort drüben, mit dem aufgedunsenen krebsroten Gesicht, das ist der Geiger Johann Georg Pisendel, den hat der Dresdener Hof hierher geschickt, damit er bei Don Antonio das Komponieren erlernt. Und der dahinter, der mit dem ausziehbaren Spektiv, der so unverschämt zu uns heraufglotzt, das ist Armand von Uffenbach aus Frankfurt. Was der eigentlich macht, weiß ich nicht, aber er ist immer da, wenn wir spielen, ganz gleich wo. Und dort rechts vorne, der, der jetzt mit seinem gelben Handschuh heraufwinkt, das ist der Konsul Matthias Ferdinand von Regaznig, der beste Kunde von Don Antonio, weil er für seine Auftraggeber, den Erzbischof von Mainz und dessen Neffen, den Grafen von Schönborn aus Franken, alles an Noten zusammenkauft, was er nur bekommen kann. Und siehst du dort hinten, neben der türkisch kostümierten Gruppe unter dem grünen Baldachin, den kleinen alten Mann im grauen Mantel mit der Hakennase, der so bedenklich dreinschaut? Das ist Don Antonios Vater, Giambattista Vivaldi. Der soll einmal Barbier gewesen sein und jetzt ist er Geiger im Orchester von San Marco. Und der fette Monsignore, ganz vorne, das ist ..."

Die letzte Bemerkung Pelegrinas ging im Sturm des Applauses unter, der das Kircheninnere der Pietà erbeben ließ. Wie aus einem Traum erwachend, ließ Vivaldi sein Instrument von der Schulter gleiten, lächelte den tobenden Menschen zu und verließ langsam den Altar. Tommaso Ruffo samt Gefolge war aufgesprungen und stellte sich dem Priester in den Weg, der den hasserfüllten Blick des ferraresischen Kardinals einen Atemzug lang aushielt, ehe er sich in die an das Presbyterium grenzende Sakristei begab, wo er sich die Messgewänder vom Körper riss, bis er in Weste, Hemd und Kniehose vor einer entsetzten Nonne stand, die ihm auf Knien den hastig vom Boden aufgenommenen Messornat wieder entgegenstreckte, indessen der Kirchenfürst mit einer herrischen Geste dem Diakon bedeutet hatte, mit der Messfeier fortzufahren, ein Befehl, dem dieser durch ein zaghaftes Anstimmen des „Agnus Dei“ entsprach, das aber nur der Subdiakon mit „Lamm Gottes, das hinwegnimmt die Sünden der Welt, erbarme dich unser“ fortsetzte.

Vivaldi riss Geige und Bogen vom Sakristeitisch und hetzte die steilen Stufen des zu den Oratorien führenden Treppenschachtes hinauf, musste sich aber hustend und nach Luft schnappend in ein Fensterspalier lehnen, als er den Diakon „Corpus Christi!“ rufen hörte, worauf einige Stimmen, dem Ritual entsprechend, litaneiartig mit „Non sum dignus, ut intres sub tectum meum, sed tantum dic verbum, et sanabitur anima mea“ antworteten.

„Non sum dignus! Ich bin nicht würdig! Ich bin nicht würdig!“, stieß er atemlos hervor. „Aber sprich nur ein Wort, so wird meine Seele gesund! Et sanabitur anima mea!“, betete er. „Aber sprich nur ein Wort! Sprich nur ein Wort!“

Aus der Kirche dringt der Schrei „Musica! Musica! Wo bleibt die Musica!“, er glaubt die sonore Stimme des Marschalls Schulenburg zu erkennen, immer lauter werden die skandierten Rufe „Mu-si-ca! Mu-si-ca! Mu-si-ca!"

Er läuft weiter, hinauf zu seinen Mädchen, die ihn wie ein Gespenst anstarren, und zerrt vom Notenpult Pelegrinas ein Blatt, das er in die Höhe hält. „Ecco, Orfanelle! Die Nachtigall!"

„Il Rossignuolo! Die Nachtigall!" Die Waisenmädchen suchen fieberhaft das von ihrem Meister geforderte Stück, schlagen es auf und stürzen sich mit ihm in den Taumel seines Konzertes, das seine Geige überfliegt, bis sie von der Gischt einer ungeheuren Welle aus Applaus und Bravorufen in die Kuppel der Pietà gehoben zu werden scheinen, während unten im gleißenden Mittagslicht die hastig besetzte Barke Kardinal Ruffos Kurs auf San Giorgio Maggiore nimmt.

Venedig

Riva del Carbòn

Antonio Vivaldi zog die helle Kaschmirdecke fester um seine Schultern, als gegen drei Uhr morgens sein Diener in Strümpfen das Arbeitszimmer im Piano Nobile, dem zweiten Stock seines Hauses am Canal Grande, unweit der Rialtobrücke, betrat, um drei neue Karaffen, mit rotem, eisgekühltem weißen Wein, frischem Wasser, und ein Bündel Kerzen gegen die Silberplatten mit leeren Fingermuscheln, Krabbenpanzern und Weißbrotresten auf dem mit Streichinstrumenten, Notenpapier, Bleistiften und Schreibfedern bedeckten Esstisch zu tauschen.

„Danke, Luca, aber du hättest dich längst schlafen legen können. Und bitte vergiss nicht, die Gondel für acht Uhr. Gute Nacht!"

„Gute Nacht, Don Antonio! Und gute Nacht auch, Maestro Vivaldi!"

Giambattista Vivaldi sah kaum von der vor ihm zwischen leer getrunkenen Gläsern liegenden Partitur seines Sohnes auf, deren atemberaubendem Solopart er seit mehr als einer Stunde mit seinem eigenen Fingersatz Herr zu werden versuchte.

„Du kommst nicht von der Stelle, Antonio."

„Das mag sein, aber ich bewege mich. Wie das Licht, das auf dem Wasser aufblitzt, tausendfach."

„Du bist nicht die Sonne!"

„Nein. Ich bin ihre Reflexion, Vater."

„Das da! Was soll das?"

„Das da?" Er nimmt seinem Vater die Geige aus der Hand und wirft mühelos eine Kombination aus Begleitinstrumenten und Solostimme des wahnwitzigen Satzes seines Violinkonzerts in den nächtlichen Raum, bis Giambattista die dazugehörigen Basstöne in den auf der Tafel liegenden Cembalocorpus hämmert.

„Und wie nennst du das?"

„La Stravaganza, das Außerordentliche! So wird der ganze Zyklus dieser Violinkonzerte heißen, Vater!"

„Und was hämmert da wie besessen, da unten, unter allem?"

„Das ist der Basso, Vater, der Basso continuo! Continuo! Continuo! Weiter, immer weiter, ohne Ende!"

„Erzähl mir nichts vom Basso, Antonio, ich hab ihn dich gelehrt, als du noch ein Knabe warst! Hör auf! Du sollst mir sagen, was da sonst noch schlägt! – Hör endlich auf!"

Mit einer schreienden Dissonanz setzt Vivaldi seine Geige ab und gießt Weißwein in sein Glas.

„Was schlägt da?"

„Das Herz, der Puls, der Atem, die Uhr, die Zeit, der Tod!" Er schüttet den Wein in sich hinein. „Über dem Tod glühen wir auf, wir atmen ein wenig, wir lieben ein wenig, wir hassen ein wenig, wir morden ein wenig, wir leiden ein wenig, wir tanzen ein wenig, bis wir erschöpft niedersinken und sterben, verglühen."

„Antonio, du bist verrückt!"

„Nein!"

„Besessen bist du!"

„Von wem?"

„Vom Teufel!"

„Nein!" Lachend füllt er sein Glas erneut und öffnet das mittlere der drei Fenster zum großen Kanal, ehe er sich umwendet und leise fortsetzt: „Vom Tod, vom Tod! Ich bin vom Tod besessen, Vater, das weißt du doch! Mein Atem ist kurz, er rast nach Luft wie meine Musik!"

„Du bist ein Mann der Kirche!"

„Deren Weihrauchnebel mich ersticken würde. Hör endlich auf damit! Ich war ein Mann der Kirche! Mein Dispens vom Heiligen Vater gilt in der gesamten Kirche, also auch in Venedig!"

„Deshalb steckst du dein Geld jetzt in die Oper?"

„Es wird vermehrt zurückfließen. Außerdem reißt sich ganz Europa um meine Kompositionen." Er stürzt den Wein hinunter. „Was willst du, Vater, du ehrwürdiger Geigenspieler des hochberühmten Dogenorchesters von San Marco? Der König von Dänemark hat sich im Palazzo Dandolo angesagt, wo die Republik ihm zu Ehren ein großes Fest geben wird. Er will mich hören, mich und meine Musik, meine Konzerte! Er wird sie kaufen, neue bestellen, wie all die anderen. Sie sind süchtig, sie spüren den Tod und wollen den Rausch, bevor sie zerfallen. Sie sind süchtig nach dem Licht, das in dieser untergehenden Stadt tanzt, sie wollen auffunkeln in den Blitzen meiner Musik, die sich vertausendfachen in den Spiegeln, die ihnen die unschuldigen Kindgöttinnen meiner Pietà hinhalten!"

„Antonio, du bist in Gefahr, eine Mode zu werden, eine Laune der Mächtigen! Albinoni schreibt anders, Corelli, Torelli! Lies, was Händel mit der Musik macht, Bach! Das alles kannst du auch, und besser!"

„Corelli und Torelli sind tot. Der Sachse Händel schreibt italienische Opern wie ich, der Sohn Venedigs, und Bach muss auf Geheiß seines Herzogs meine Konzerte für sich umschreiben. Und der sächsische Hof giert nach jeder neuen Note von mir. Frag Pisendel! Der Kurfürst lässt schon Kanäle bauen in Dresden und Gondeln über die Alpen schaffen!"

„Du bist hochmütig, Antonio, und Gott straft die Hochmütigen!"

Vivaldi tritt an die schmale Mauerbrüstung des Fensterbalkons seines Hauses an der Riva del Carbòn, um die feuchtkühle Luft der Morgendämmerung einzuatmen. Auf dem Gran Canal ist es still, keine Gondel gleitet vorüber, nur gegenüber, im Festsaal des Palazzo Barzizza kann er erkennen, dass zwei Diener um die herabgelassenen Kronleuchter gehen und Kerzenstummel löschen.

„Gott? Vielleicht. Aber das Lungenrasseln meines Basso wird seine Ewigkeit beatmen und meine Melodien werden sein Weltall mit Erinnerung vergiften. Komm in den Palazzo Dandolo, wenn der dänische König meine Musik aus den Händen meiner Orfanelle schlürft!“

Venedig

Ospedale della Pietà
Bacino di San Marco
Palazzo Dandolo

Das Stimmengewirr der vierzig sich für das Konzert ankleidenden Mädchen in dem großen, umlaufend kassettierten Raum mit der intarsierten Doppeltüre glich dem Zwitschern und Zirpen in einer riesigen Vogelvoliere, das zudem von den Tonleitern von Geigen, den Akkorden von Theorben, den Zupfgeräuschen von Mandolinen, den kurzen Motiven von Oboen und Schalmeien wechselweise unterfüttert, überlagert und in einen undurchdringlichen Lärm verwandelt wurde, in dem die Ordnungsrufe der diensthabenden Maestre ergebnislos untergingen.

Pelegrina saß in ihrem hauchdünnen Batistunterkleid vor einem in jede der Kassetten der Längswand eingelassenen Spiegel, sie musste mehrmals aufschreien, als ihre Augenbrauen mit einer Pinzette zu gebogenen Strichen gezupft wurden, sie hasste diese Prozedur, die sie, wie alle Spielerinnen, immer dann über sich ergehen lassen musste, wenn ein öffentliches Konzert wie das heutige im Palazzo Dandolo anstand. Sie überprüfte ihr elfenbeinfarben gepudertes Gesicht, tupfte mit einem der feinporigen Schwämme nochmals ein wenig von der karmesinroten Talgschminke auf ihre Wangenknochen, entnahm einer der auf der durchlaufenden schmalen Tischplatte stehenden Keramikschalen ein Granatblütensträußchen, das sie als Zeichen ihres Waisenstandes und ihrer Zugehörigkeit zur Pietà ins ölgekämmte kurze, zwei fingerbreit über dem natürlichen Ansatz rasierte Haar zu stecken versuchte, wobei ihr ihre Geigenlehrerin, eine ältere Maestra, die nicht mehr vor Publikum auftreten durfte, half, ebenso beim Schnüren des aus vierzehn Teilen zusammengesetzten schwarzen Fischgrätmieders, das sie wie alle Orfanelle über dem bodenlangen, über der Hüfte gebundenen schwarzen Seidenrock zu tragen hatte. Dabei bemerkte sie, dass sie ihre weißen Seidenstrümpfe vergessen hatte, die sie nun umständlich unter den Rock zog und mit weißen Ripsbändern um die Schenkel befestigte, ehe sie in ihre goldbestickten schwarzen Samtschühchen mit den kaum wahrnehmbaren roten Absätzen schlüpfte. Erleichtert, endlich fertig angezogen zu sein, nahm sie ihre Geige samt Bogen von einem der mit smaragdgrünen Samtdecken überworfenen Instrumententische in der Mitte des Raumes und wartete auf eine günstige Gelegenheit, sich unauffällig aus dem Bienenstock schleichen zu können, um Anna zu suchen, die sie seit mehr als einer halben Stunde vermisste.

Als sie das Gaubenfenster zum Dach der Pietà offen fand, rief sie den Namen der Freundin, die sich auf dem Altan zeigte und sie aufgeregt zu sich heraufwinkte.

„Schau! Schau, da kommen sie!“ Sie wies mit dem Zeigefinger auf den weit geöffneten Mündungstrichter des Canal Grande, in den eine goldene Prunkbarke mit purpurrotem Baldachin auf den Schwingen von fünfzig Rudern zu schweben schien, vorbei am Muschelpalast von Santa Maria della Salute, umlagert von einem Gondelschwarm wie von unzähligen schwarzen Insekten.

„So etwas habe ich noch nie gesehen!“

„So etwas wirst du noch öfter sehen! Komm jetzt, sie suchen dich schon, wir müssen hinunter!“, rief Pelegrina und streckte ihr die Arme entgegen, um ihr durch die Dachluke zu helfen. Sie fasste das Mädchen mit dem verrutschten Granatblütensträußchen auf dem Kopf um die Hüften und hob es ins rettende Innere des Dachbodens, wo sie einander einen Augenblick später eng umschlungen umklammerten. Wie aus einem Schwindel erwachend, löste Pelegrina die Arme Annas von ihrem Nacken und betrachtete deren Hände.

„Waschen!“, sagte sie. „Oder willst du mit diesen Fingern Continuo spielen?“

Dann küsste sie die schmutzigen Handflächen und zog sie von der Kiste unter der Fensteröffnung.

Mit dem ungeduldigen Ruf „Maske! Wo bleibt meine Maske! Wir geruhen maskiert zu erscheinen! Ein Venezianer unter Venezianern!“ entledigte sich der angetrunkene hellhäutige Mann unter der rotblonden Allongeperücke seines weißgoldenen Seidenbrokatüberrockes und warf, über das rückwärtige Deck seiner Barke tänzelnd, seinen blau schimmernden Glaskelch einem Bediensteten zu, der ihn behände auffing, um ihn erneut mit moussierendem Marzemino zu füllen.

„Majestät brauchen nur zu befehlen und der Maskenmacher ist an Bord!“

„Ja, ja, ja, Hellingstad! Und keine Majestät, wie oft soll ich das noch sagen! Inkognito, Hellingstad, inkognito!“

Hellingstad winkte gebieterisch nach den voll besetzten, doppelt geruderten Balotine, die das Prunkschiff umlagerten, und reichte seinem König das frisch gefüllte Muranoglas.

„Sehr wohl! Wie der Graf von Olemborg befehlen!“

„Ja! Wie der Graf von Olemborg befiehlt, Graf Hellingstad!“

Die Gondolieri hielten ihre Boote am Rand der Barke fest, während Maskenmacher, Hutmacher und schwarz gekleidete Spitzenklöpplerinnen die überraschten Lakaien nötigten, ihre mit Waren gefüllten Körbe aufzufangen, ehe sie sich unter den purpurroten Baldachin drängten, um dem amüsierten Fremden ihre Gegenstände zu präsentieren. Sofort griff Frederik nach einer der weißen Halbmasken, um sie sich, zum Gaudium seines Gefolges, vor das erhitzte Gesicht zu halten, von dem die zerrinnende Schminke in kleinen Bächen auf Weste und Seidenhemd tropfte.

„Passt wie angegossen! Nur die Augenschlitze sind zu klein!"

Mit einem erschrockenen „Darf ich bitten!" griff der Maskenmacher nach der Larve, erweiterte nach einem prüfenden Blick mit einem winzigen Messer in Windeseile die Augenöffnungen, feilte die Kanten ab, verschmierte sie mit Gips, den ihm sein Lehrling in einer Barbierschale angerichtet hatte, und bot sie mit einer Verbeugung erneut an. Währenddessen probierte Frederik schwarz gefärbte Strohhüte auf, deren Krempen der Hutmacher mit wenigen Stichen zu Dreispitzen formte, bis der passende gefunden war, an dessen vorderen Rand er die fertige Maske nähte.

„Ja, ja, passt!"

„Ja, aber ohne Perücke, Majest…", unterbrach sich der Hutmacher.

„Graf von Olemborg, der Meister meint, dass die Baùta ohne Perücke getragen wird", warf Hellingstad ein.

„Ja, Signor Conte."

„Ohne Perücke?"

„Mit Schleier, aber ohne Perücke!" Die Schleiermacherin warf ihm einen schwarzen Seidenmantel mit einer geklöppelten Spitzenkapuze über die Schultern und sank in die Knie.

„Ohne Perücke! Ich war noch nie ohne Perücke!"

„Wir sind in Venedig, Signor Conte!", hauchte die kniende Frau anzüglich.

„Na gut, dann …" Er riss seine Perücke vom Kopf, warf sie ins Wasser, von wo sie sofort herausgefischt wurde, und strich mit seinen beringten Fingern über die Reste seiner dünnen aschblonden Haare.

„Man ist ja nackt geradezu!"

„Nicht mehr lange! Signor Conte erlauben …" Die Schleiermacherin stülpte ihm die Spitzenkapuze über den eiförmigen Kopf.

„Köstlich, köstlich! Ein aufregend weibliches Gefühl!", rief Frederik, während ihm der Maskenmacher den schwarzen Dreispitz mit der eingenähten Maske aufsetzte.

„Die venezianische Maske kennt kein Geschlecht, Signor Conte!"

„Köstlich, köstlich! Aber warum? Was bedeutet sie?"

„Sie bedeutet den Tod, Signor Conte!"

Der König nahm den Dreispitz ab und starrte erschrocken in die hohlen Augenlöcher der Maske.

„Zur Zeit der großen Pest vor vielen hundert Jahren hat man sie getragen, um den Tod zu täuschen. Man wollte ihm vormachen, dass man selbst schon tot ist."

Der König lachte auf.

„Und in Wirklichkeit waren branntweingetränkte Tücher unter der Maske, damit man sich an der Pest nicht ansteckt. Und der Pesttod ging vorüber."

„Köstlich, köstlich! Aber jetzt ist doch gar kein Karneval!"

„Nein, Graf Olemborg, ganz recht, aber wir dürfen sie immer tragen, zum Andenken an die Pest und an den Tod. Außer zur Zeit der großen Fasten, nach dem Karneval bis zum Fest der heiligen Ostern. Denn der Tod ist immer da, aber wenn er Aufschub gewährt, dann nur in der Zeit der großen Buße."

„Köstlich, köstlich! Wir erschrecken den Tod! Habt ihr das gehört?" Unter dem Gelächter seines Hofstaates zog er den Maskendreispitz wieder über die schwarze Seidenkapuze, hüllte sich in seine Seidenpelerine und kreiselte wie ein schwarzer Kegel über das mit türkischen Teppichen belegte Deck.

„Wir erschrecken den Tod!", rief er. „Wir erschrecken den Tod!"

Unter den Echorufen „Wir erschrecken den Tod! Wir erschrecken den Tod!" des sich gleichfalls maskierenden dänischen Hofstaates zog das johlende Geschwader entlang der menschenvollen Piazzetta, die Säulen des Drachenbezwingers und des heiligen Löwen passierend, gegen den Palazzo Dandolo hin, von dessen acht Balkonen die Trompeten- und Fanfarenspieler den Grafen Olemborg mit schmetternden Bläserkaskaden willkommen hießen, während sich auf der Riva degli Schiavoni eine Prozession von vierzig schwarz gekleideten, ihre Musikinstrumente wie Reliquien in Händen tragenden Mädchen auf den Palast zubewegte, streng bewacht und umkreist von einem Nonnenschwarm, der ihr mit Partituren einen Weg durch die gaffende Menge bahnte, um sie über ein Seitenportal in den Festsaal zu schleusen, wo sie auf einer eigens für sie aufgezimmerten Balustrade ihre Plätze einnahmen, hastig die Notenblätter verteilten und sich auf den von der Oboistin angeblasenen Kammerton einstimmten, um sich auf das Zeichen ihres rot gekleideten Maestro in jenes Oboenkonzert zu stürzen, das dazu bestimmt war, als erstes dieses Abends einen prunkvollen Teppich für das Auftrittsspektakel des Ehrengastes und seines Gefolges auszurollen. Die illustre Gesellschaft schien auf dessen pulsierenden Wellen förmlich in den Festsaal gespült zu werden, wo sie sich zwischen den sie erwartenden musikbegeisterten Honoratioren Venedigs verlief, ehe sie ihre Plätze an der Tafel unter dem Musikbalkon einnahm, nur zögerlich, weil Hellingstad seinen maskierten König mit großer Geste auf einen der mit wasserblauer Seide bespannten Sessel genötigt hatte, um ihn begeistert auf einzelne der spielenden Mädchen aufmerksam zu machen: auf die virtuos aufspielende Oboistin Giulietta, auf Pelegrina am ersten Pult der Violinen, auf Anna am Cembalo, vor allem aber auf die Cellistin mit den mahagonifarbenen Haaren, für die er mit „Bravi"- und „Bis"- Rufen einen Applaus entfachte, der frenetisch anwuchs, als sich die

Mädchen auf einen Fingerzeig Pelegrinas hin erhoben und scheu verneigten, worauf die Geigerin auf die in einer der Fensteröffnungen stehende schmale Gestalt mit der weißen, in offenen Zöpfen gehaltenen Allongeperücke wies, worauf die Begeisterung des sich umwendenden Publikums zur Ovation anwuchs, als es Antonio Vivaldi erkannte, der mit einer angedeuteten Verbeugung lächelnd das Zeichen für den Beginn der nächsten Musik gab.

„Ja, ja, ja, Hellingstad, die Cellistin, ich habe verstanden! Machen Sie den Dohlen ein Angebot, dann wird man sehen! Aber wir brauchen eine Perücke, um uns dieser Maske entledigen zu können! Es ist heiß hier, Hellingstad, und wir wollen schließlich nicht nackt von diesem Möbel steigen!"

„Selbstverständlich nicht, Signor Conte, ich eile!"

Hellingstad sprang von seinem Sessel und verhielt wie vom Blitz getroffen in seiner abgefederten Bewegung, als Pelegrina, unterstützt von der Cellistin Gerolama, ein Feuerwerk für vier Geigen entzündete.

„Hören Sie das? Hören Sie das! Graf von Olemborg, das ist mehr als Musik! Und wie mein Reh den Rhythmus gibt!"

Er schraubte sich aus seiner geduckten Haltung in den Tanz eines Lichtgewitters aus vier Soloviolinen, das zwischen den Säulen aus Cello, Streichern und Continuo auf das sprachlose Auditorium niederprasselte.

Vivaldi machte Anstalten, sich aus der Menschentraube zu lösen, die ihn in der Fensternische gefangen gesetzt hatte und auf ihn einredete.

„Maestro! Göttlich! Ein göttliches Concerto! Wissen Maestro übrigens, dass der deutsche Compositore Johann Sebastian Bach eben dieses Concerto der herrlichen vier Violini auf vier Cembali transponieret hat? Ich habe es selbst von ihm gehört, auf einer Soiree, die der Herzog August von Köthen vor Jahren in dem Badeort Carlsbad gegeben hat!"

„Ach! Hast du das gehört, Vater?" Vivaldi suchte den Blick seines Vaters, der sich hinter der Menschengruppe befand, die ihn auf den kleinen gemauerten Balkon gegen dessen niedere Balustrade gedrängt hatte. „Maestro! Geruhen Maestro sich meiner zu erinnern? Ich bin Johann Georg Pisendel, der Geiger aus Dresden, vom Dresdener Hof! Abgesandter desselben, glücklich, wieder in Venedig zu sein! Ich möchte wiederum lernen von Ihnen, lernen, lernen …"

Vivaldi lächelte erkennend in das schwitzende Gesicht des aufgeschwemmten, etwa gleichaltrigen Mannes, dessen Atem ihn mit Wein- und Fischgeruch belästigte.

„Und kaufen! Für meinen Herrn, den Kurfürsten von Sachsen und König von Polen! Wann darf ich Sie sehen?" Er wollte zu einer Antwort ansetzen, da zog eine krähende, ihm bekannte Stimme seine Aufmerksamkeit auf sich.

„Und wann dürfen der Graf von Schönborn und

sein Onkel, der Erzbischof von Mainz, wieder mit Werken rechnen, Maestro?"

„Ich freue mich, Sie zu sehen, Konsul von Regaznig, und auch Sie, Pisendel! – In den nächsten Tagen! Fragen Sie nach mir, fragen Sie nach mir in den nächsten Tagen. Nachmittags!"

„Serenissimo, der Graf von Olemborg bittet inständig um Eure Gesellschaft an der Tafel."

Vivaldi spürte eine Berührung am Unterarm.

„Von Olemborg?"

„Dänisch! Ein bedeutendes Inkognito, Ihr versteht?", raunte ihm Hellingstad ins Ohr und wedelte mit seinen rehledernen Handschuhen eine Gasse durch die kaum zurückweichende Verehrergruppe, um ihn zur überladenen, mit zahllosen weißen und roten Tulpenbouquets geschmückten Tafel unter den seidendrapierten Bögen der Empore der spielenden Mädchen zu ziehen, während Lakaien Hunderte von Kerzen auf den fünf Etagenkränzen der acht herabgelassenen Muranoglasluster entzündeten und die Winkel der hinter jeder der Kerzen aufgesteckten Spiegelschilder so neigten, dass sie, wieder empor unter die Allegorien der überbordenden Stuckdecke gezogen, die feiernde Gesellschaft in ein Sternenmeer aus Tausenden von reflektierten Flammen tauchten.

„Aber wir haben auch Wasser in Dänemark, verehrter Vivaldi, genügend, mehr als Sie sich vorstellen können!" Der König führte den langen Perlmuttlöffel mit gewürztem weißen Fleisch, das er aus einem aufgebrochenen, silber ummantelten Krabbenpanzer gehoben hatte, genießerisch zwischen seine rot geschminkten Lippen. „Sogar Kanäle! Und die Masken können wir ja mitnehmen!“ Er fiel in sein helles, keckerndes Lachen, das sein längst angetrunkenes Gefolge übertrieben aufnahm, worauf sich Vivaldi über den mit Austernschalen übersäten Tisch beugte und seine Entgegnung mit „Majestät ...“ beginnen wollte, woran ihn der vom Tisch aufspringende Hellingstad mit einem Schlag auf den Rücken hinderte.

„Ich bin euch sehr verbunden, Graf von Olemborg, aber meine Verpflichtungen am Ospedale der Santissima Maria della Pietà lassen eine so lange Abwesenheit von Venedig nicht zu.“

„Endgültig? Bedenken Sie, ein ganzer Hof liegt zu Ihren Füßen!“

„Zu meinem Bedauern: endgültig, Graf von Olemborg.“

„Aber Ihre Musik muss ich haben, Vivaldi, um jeden Preis!“

„Um jeden Preis?“

Mit „Köstlich, er ist köstlich!“ wandte sich Frederik auffordernd an seine Tischgesellschaft, die sofort in sein schallendes Gelächter einstimmte, das er unvermittelt scharf unterbrach.

„Stimmt es eigentlich, dass Sie rote Haare haben, Vivaldi?“ Die Blicke aller hefteten sich auf den Komponisten.

„Das ist richtig, Graf von Olemborg, wie mein Vater, fragen Sie ihn.“

Giambattista Vivaldi erhob sich zögernd am Ende der Tafel und bejahte mit einer Verbeugung.

„Und er färbt sie Ihnen nicht? Ihr Vater ist doch Barbier!“

Erneut ausbrechendes höhnisches Gelächter, das von der unerwartet lauten Replik Vivaldis abgeschnitten wurde.

„Mein Vater war Barbier, Graf von Olemborg. Jetzt ist er ein angesehener Geiger, sowohl im Orchester von San Marco als auch in einigen der berühmtesten Opernhäusern unserer Stadt.“

„Musiker, Musiker! Wo man hinschaut in Venedig, Musiker! Und Masken!“

Der König schlürfte in langsamen Zügen Champagner aus seinem gold geränderten Muranokelch, ohne Vivaldi aus den Augen zu lassen.

„Also kommen Sie, Vivaldi, was kosten, sagen wir, ein Dutzend Konzerte?“, und setzte mit einem Blick auf den mit der Oberin verhandelnden Hellingstad fort, „Zwölf Konzerte samt Musikerin, die sie mit meinen Musici exerziert?“

Vivaldi drehte sich um und sah Hellingstad, der in der Mitte des Saales aufgeregt auf die Oberin einredete, wobei er mit ausladender Geste den Blick der Ordensfrau auf ein bestimmtes Mädchen zu lenken versuchte.

„Die, die am Cello will ich haben! Wie viel?“

„Die Abtrennung einer Virtuosin wie Gerolama dal Cello risse eine nur schwer zu heilende Wunde in den Klangkörper unseres Orchesters …"

„Wie teuer ist die Medizin für diese Wunde, Ehrwürdige Mutter?"

„Morgen nach der Frühmesse werden wir die Kosten für die Ausbildung einer Cellistin wie Gerolama aufgestellt haben und sie Euch schweren Herzens unterbreiten."

Vivaldi wusste nur zu gut, worum der dänische Graf mit der Priorin der Pietà so angelegentlich feilschte. Leise und bestimmt begann er, das Angebot des Königs auszuloten.

„Wenn der Graf von Olemborg eine Widmung für seine Majestät, den König Frederik von Dänemark, akzeptieren kann, überließe ich ihm gerne eines meiner Opera, enthaltend zwölf Concerti, zu einer Deckungssumme von zwölfhundert venezianischen Dukaten, um es durch Euch Seiner Majestät zu Füßen legen zu lassen."

„Köstlich, köstlich! Seiner Majestät zu Füßen legen zu lassen, also ich mir selbst! Köstlich! – Aber nicht gerade billig, so eine Widmung, Vivaldi!", worauf der Musiker entschuldigend lächelte und mit seiner schmalgliedrigen Rechten eines der gefüllten Gläser aufnahm.

„Aber was soll's, wir sind in Venedig, Vivaldi! Morgen Mittag lasse ich die gewünschte Summe schicken und das Opus mit zwölf!, ihr habt es alle gehört!, mit zwölf Concerti abholen."

Frederik leerte seinen Kelch in einem Zug, wobei zwei Champagnerbäche hinter die üppige Seidenschleife seines Hemdkragens rannen.

„Und die Musikerin für unseren Hellingstad, was kostet die?"

„Das geruhen der Graf von Olemborg bitte mit der Ehrwürdigen Mutter zu besprechen."

„Aber das macht ja schon Graf Hellingstad! – So, und jetzt möchte ich gerne noch ein Spielchen wagen. Andiamo, wie man hier zu sagen pflegt!"

In der nach dem Schlussakkord des Concertos aufbrandenden Welle des Applauses erhob sich Frederik IV. und eilte, gefolgt von seinem Hofstaat, zu Hellingstad, der, wild in die Hände klatschend, seine „Bravi"-Rufe wechselweise auf die Cellistin und die um Diskretion bemühte Priorin verteilte, bis ihn die „Andiamo, andiamo!"-Aufforderung seines Königs aus seiner Verzückung riss. Plötzlich griff er nach den knochigen Händen der Ordensfrau und überdeckte sie mit Küssen.

„Das dänische Königshaus und meine Wenigkeit werden sich glücklich schätzen, der hochberühmten Pietà unter die Arme zu greifen!"

Mit einem indignierten Blick auf Frederik entzogen sich die mit kleinen roten Schminkrändern übersäten, blau geäderten Hände den Zudringlichkeiten des Grafen und umschlossen den elfenbeinernen Korpus des Erlösers, der mit winzigen Silbernägeln auf das Brustkreuz der Kirchenfürstin geheftet war.

„Selbstverständlich, Hellingstad, selbstverständlich!“, äffte der davonstürmende König seinen Adjutanten nach, der nochmals wie angewurzelt stehen blieb, als die Violinen der Mädchen, umspielt von Lautenfiguren, die schleppende Melodie eines Tanzes in der plötzlichen Stille des vor Hitze flirrenden Festsaales ausbreiteten.

„Maestro, göttlicher Maestro, was ist denn das nun wieder?“, rief Hellingstad dem unter der Konzertbalustrade stehenden Vivaldi zu.

„Das ist eine Follia, eine Narrheit, Graf Hellingstad! Wer in sie stürzt, der findet nicht mehr heraus!“

„Aber ich will ja gar nicht mehr herausfinden, Vivaldi, nie mehr! Adieu, bis morgen, Vivaldi! Bis morgen, Ehrwürdige Mutter der Pietà!“

Er bekreuzigte sich, stülpte seine Maske über und rannte seinem Herrn nach, der sich, ein wenig erschöpft, in seiner von der Riva ablegenden Prunkbarke niedergelassen hatte, während im Palazzo Dandolo die venezianische Gesellschaft in den Wogen der „Follia“ versank.

Venedig

Ospedale della Pietà

Wie ein lebloser Körper lag das Cello Gerolamas neben seinem Bogen auf dem nackten Holztisch des Übungszimmers im obersten Stockwerk der Pietà. Pelegrina zeigte auf die vor der Mole schaukelnde Gondel, in der jener Mann stand, der gekommen war, um Gerolama in Empfang zu nehmen, die beste Cellistin des Orchesters der Santa Maria della Pietà, für die er soeben einen hohen Preis bezahlt hatte.

„Warum?", fragte Anna, sich an der Schulter der Freundin festhaltend, „Warum ist das so?"

„Weil die Pietà jedes Geld nimmt, das sie bekommen kann. Das, was die Republik gibt, reicht nicht aus. Sie hat noch drei andere Waisenhäuser, die sie unterhält, und da sind genauso viele drinnen wie bei uns, über tausend von unserer Sorte. Was sollen sie denn auch mit uns machen? Wir würden ja immer mehr werden, Tag für Tag, Monat für Monat, Jahr für Jahr. Denn die Frauen von Venedig, also unsere Mütter, die können uns einfach abgeben, wenn sie uns nicht wollen, weil wir ja meistens nicht ‚im heiligen Stand der Ehe' gezeugt worden sind, wie Schwester Annunziata immer sagt. Im Schutz der Baùta geht das leicht, und bringt den Frauen sicher auch was ein. Das hat sich die Republik halt so ausgedacht, damit möglichst viele Fremde kommen. Ist doch besser, als im Kanal ersäuft zu werden wie die kleinen Katzen, findest du nicht?“

Anna musste schlucken, dann nickte sie mehrmals heftig.

„Und so werden wir eben verkauft, wenn der Preis stimmt, als Mägde auf die Güter, als Weberinnen an die Manufakturen, als Näherinnen an die Schneiderwerkstätten, als Krankenschwestern an die Ospedali, als Siedlerbräute nach Amerika oder als Musikerinnen an die Höfe von ganz Europa, wenn sie genug zahlen. Nur, dass wir da nicht nur spielen oder ihren Musikern das Spielen lernen müssen, wir müssen auch meistens den Männern zu Diensten sein, die uns gekauft haben. Das sind Fürsten oder Herzöge oder Könige oder Bischöfe oder eben Grafen wie der Hellingstad, der da unten wie ein Raubtier in seiner Gondel steht und auf seine Beute wartet. – Da, schau, da kommt sie!“

Sie zog Anna in die vergitterte Fensteröffnung. Unten auf der Riva degli Schiavoni näherte sich Gerolama, die Kapuze ihrer Pelerine über den Kopf gezogen, geführt von zwei Nonnen, durch ein Spalier von gaffenden Masken dem kalksteingefassten Rand der Mole. Sie schien die ausgestreckte Hand des Grafen gar nicht zu bemerken, als sie vorsichtig über die wellennassen Stufenquader hinunterstieg und bei dem Versuch, mit einem kleinen Sprung das Boot zu erreichen, ausglitt, sodass Hellingstad nach ihr griff und sie zu sich in die Gondel zog, auf deren schwarz gelacktem Plankenboden sie zusammengekauert liegen blieb.

Nach einem vorwurfsvollen Blick zu den Nonnen richtete er das Mädchen, deren Glieder wie die einer steifen Puppe durch die Luft ruderten, auf, löste den wollenen Kapuzenmantel von ihren Schultern und warf ihn einer ihrer Bewacherinnen zu, die mit einem demütigen Lächeln die zurückerhaltene Uniform der Waisenmädchen sogleich sorgsam zusammenfaltete, worauf die andere davon absah, Gerolama das allen Orfanelle der Pietà zugeteilte Reisebündel nachzureichen. Wie ein Pfau stakste Hellingstad in der schwankenden Gondel hinter die ihre Arme über dem schwarzen Mieder kreuzende junge Frau, um ihr eine in der Vormittagssonne garnelenrot aufschimmernde Morgenrobe umzulegen und ihren Körper an den seinen zu pressen.

„Sie schaut herauf, Pelegrina, sie schaut herauf! Pelegrina, so mach doch was! Mach doch was!“, stieß Anna hervor, indem sie in die Knöchel ihrer zur Faust geballten Hand biss.

Die Geigerin war längst von der unter das Fenster gerückten Betbank gesprungen, sie hatte ihre Violine an sich gerissen und hieb in ohnmächtiger Wut mit dem Bogen Notenblätter vom Pult, bis eine Seite zu Boden segelte, die mit „Ciaccona“ überschrieben war. Sie hielt inne.

In ungezählten Übungsstunden hatte sie versucht, diesem ihr unbegreiflichen Violinstück des deutschen Komponisten Bach, das der sächsische Geiger Pisendel zum, wie in seiner Widmung zu lesen stand, „höheren Praktikum der gottgesegneten Orfanelle" in die Pietà gebracht hatte, sein Geheimnis zu entreißen, das Geheimnis seines Schmerzes, seines Trotzes, seiner Wut, seiner verzehrenden Leidenschaft und seiner Todessehnsucht. Sie würde die Schwester niemals wiedersehen, hämmerte es in ihrem Kopf, nie mehr mit ihr musizieren, nie mehr etwas von ihr erfahren! Es war, als führe die Freundin in den Tod! Gleich einem gefangenen Tier warf sie sich gegen das Gitter und peitschte die Melodie der todessüchtigen Raserei Bachs wie einen Schrei hinaus in die seidene Luft der Lagune, hinunter zu Gerolama, die, umklammert von ihrem Besitzer, in der schwarzen Sichel ihrer Gondel mit langsamen Stößen in den flimmernden Trichter des großen Kanals gerudert wurde.

Venedig

Canal Grande
Teatro Sant'Angelo

Sie hatten den Wald gesehen. An diesem glasklaren Januarnachmittag des Jahres 1726 hatten sich die Mädchen auf den Eisspiegel des gefrorenen Canal Grande gelegt und jenen Wald gesehen, dessen abertausend Wipfel die Stadt in die klirrende Kälte dieses Wintertages stemmten. Im schräg einfallenden Licht der Wintersonne teilten die grauen Schatten Hunderter geschälter, algenüberzogener Lärchenstämme den unbeweglichen Schlamm des Lagunengrundes in einen Säulenteppich, auf dem die versunkenen Gegenstände Venedigs verharrten wie urzeitliche, von Kristallen umschlossene Insekten: Die siebenfach geteilten Bugschwerter von Gondeln blitzten neben Degen und kupfernen Kesseln aus dem Dunkel, weiße Masken schoben sich aus smaragdgrünem Boden, ein Granatblumenstrauß hatte in einem Nachtgeschirrhenkel aus Keramik Wurzeln geschlagen, ein türkischer Dolch hatte sich in der aufgelösten Schnürung eines sonnengelben, blumenbestickten Miederpanzers verfangen, Münzen schimmerten aus eisernen Kochtöpfen, die rautenübersäten Hosen eines Arlecchino hingen über der abgesplitterten Heckschnecke einer Barchetta. Pelegrina lenkte Annas Blick auf den aufgefächerten Bauch einer Laute, deren abgebrochener Hals an ihren Saiten schwebte wie an den Spiralen dünner Eingeweide.

„Graziose Maschere, ist Ihnen nicht wohl, wir würden uns glücklich schätzen, Ihnen helfen zu dürfen!"

Das bremsende Knirschen von Schlittschuhkufen ließ die Mädchen blitzschnell ihre Baùten vor die Gesichter stülpen, sich umwenden und die dargebotenen Arme ergreifen, um sich möglichst schnell vom Eis erheben zu können.

„Wir danken", antwortete Anna, „aber Sie sollten es sich auch nicht entgehen lassen, einmal einen Blick auf den Grund des Kanals zu werfen, wer weiß, ob das in hundert Jahren noch einmal möglich sein wird!"

„Wohl nicht, schöne Stimme, aber viel lieber noch als auf den Grund jedes Kanals sähen wir hinter ihre Masken, Belle Donne, oder, schöne Fräulein?"

„Weder noch", gab Prudenza zurück, „und auch Sie können Ihre Masken ruhig aufbehalten, denn es ist kalt und wir müssen weiter."

Mit „Wohin denn?" versuchte eine der Baùten eine Pirouette, bei der sie fast ausgeglitten wäre, hätten sie seine Begleiter nicht aufgefangen. „Wir fahren in die Oper und es wäre uns eine Ehre, wenn Sie uns begleiteten."

„Wir gehen in die Andacht zur Santa Maria Gloriosa, und es wäre unserer Ehre zuträglich, wenn Sie uns nicht begleiteten!“

Prudenza wendete sich tapsend dem Rio dei Frari zu und wäre beinahe in eine auf Kufen dahingleitende Gondel gelaufen.

„Gondola, Gondola! Attenzione!“, riefen die vier livrierten, das Gefährt auf Schlittschuhen schiebenden Diener der wankenden Maske zu.

Anna und Pelegrina versuchten, die Freundin in dem Volksfest der zugefrorenen Kanäle nicht aus den Augen zu verlieren und dabei selbst unterzutauchen in dem Gewirr aus Schlitten, Maskengestalten, die wie Krähenschwärme über das Spiegelparkett schlitterten, Mannschaften, die mit wassergefüllten Bettflaschen Boccia spielten, schlittschuhlaufenden Maroni- und Pastaverkäufern, Nonnen, Mönchen, aufgetakelten Kurtisanen, Lauten- und Trommelspielern, um ihre Galane abzuschütteln. Unter der Brücke hinter dem Palazzo Giustinian-Pérsico fanden sie einander und warteten auf eine günstige Gelegenheit, sich selbst dem Teatro Sant'Angelo auf der anderen Seite des Kanals nähern zu können, vor dem sich eine große, laut nach Biglietti rufende Menschenmenge drängte, die sich das Spektakel einer neuen Oper von Antonio Vivaldi keinesfalls entgehen lassen wollte.

Die jungen Frauen hatten Jahre darauf verwendet, die nötigen Utensilien für den geheimen Ausflug in das verbotene Reich des Theaters zu sammeln und unter Bodenplanken, eingenäht in Matratzen, in Mauernischen hinter Heiligenfiguren, in leeren Ölkrügen und Weihwasserkesseln zu verstecken, die schwarzen Seidencapes, die Kapuzenüberwürfe aus geklöppelter Spitze, die kalkweißen Masken an den Dreispitzen, ehe sie es wagen konnten, dem allgemeinen Freudentaumel der Pietà über das Eiswunder von San Marco zu entfliehen. Zwei eingeweihte Freundinnen hatten versprochen, nach der „Complet" ihre Betten mit wenigen Kleidern so auszustopfen, dass die den Abendsegen sprechende Nonne bei ihrem Gang durch den Schlafsaal getäuscht wurde, sie hatten es unzählige Male ausprobiert, als sie unter ihren Schlafstellen gelegen waren, ohne entdeckt zu werden. Pelegrina hatte den Wachsabdruck des Kirchenportalschlüssels Anna überantwortet, die ihn bei einem Konzert im Palazzo Loredan ihrer maskierten Schwester zukommen ließ, damit ein Schmied in Mantua das Duplikat anfertigen konnte, das Paolina nach Monaten unter den verabredeten Reliquienschrein des Altares der heiligen Afra schob, als sie unerkannt die Vesper zum Fest der Aufnahme Mariens in den Himmel besuchte. Bei ihrer nächtlichen Rückkehr würden die Freundinnen den Stein aus der Außenwand des Ospedale lösen, mittels des kochlöffelgroßen Nachschlüssels in die Kirche huschen, um über den gewendelten Treppenschacht neben der Sakristei auf den Dachboden und von dort ins rettende Dormitorium zu gelangen.

Mit äußerster Vorsicht entstiegen in diesem Augenblick am Ramo del Teatro die adeligen Brüder

Alessandro und Benedetto Marcello einer Kufengondel und ließen von maskierten Dienern körbeweise Bücher in das zum Spielsalon umfunktionierte Foyer ihres Theaters schleppen, die unter vielen Mühen verfasste neue Auflage der Schmähschrift „Il Teatro alla Moda“, mit der sie dem in ihrem Verständnis verkommenen Treiben der venezianischen Oper im Allgemeinen, ihrem Impresario Santurini aber und Antonio Vivaldi im Besonderen ein Ende zu setzen gewillt waren.

Benedetto drehte ungehalten seine Maske am Dreispitz zur Seite, um seinen neben einer geöffneten Eisentruhe Geld wechselnden Schwager, den von schwarzen Gestalten umlagerten Conte Claudio Capello, im kerzenrauchgeschwängerten Dunst ausmachen zu können und ihm ein Exemplar des frisch gedruckten Pamphlets auf den schweren Zargentisch zu knallen.

„Benedetto, was wollt ihr? Es läuft so gut wie nie, seitdem Santurini diesen roten Priester unter Vertrag hat. Die Leute stürmen unser Haus, seinetwegen! Schau dich um, schau hinein, das Theater kocht über und ich komme mit dem Wechseln nicht mehr nach. Bitte bedien dich!“ Mit „Du erlaubst …“ tauschte er einer ungeduldig wartenden Baùta die abgezählten Münztürme in Elfenbein- und Ebenholzjetons um und warf die Gold- und Silberstücke in die Kiste neben sich, was Alessandro Marcello mit „Abgerechnet wird später, Claudio!“ quittierte, als aus dem Inneren des Theaters die Akkorde eines Arienfinales durch das Stimmengewirr des Vorraumes hämmerten, die ein solch ungestümes Geschrei auslösten, dass Benedetto die Doppeltüre zum Zuschauerraum aufriss und vor einem Hexenkessel aus Gejohle, Applaus und Getrampel zurückwich. Diesen Moment wussten die Einlass begehrenden Zuschauer zu nützen, um sich ohne den Erwerb von Biglietti, eines Librettos und eines Wachslichts, in den Regen aus Papierblumen, Seidenbändern, Fächern und Librettoseiten zu stürzen, der von den Logen und Rängen auf das im Parterre auf Holzbänken tanzende Publikum und den auf der Bühne sich huldvoll im Kostüm eines antiken Helden verbeugenden Kastraten Antonio Bernacchi niederprasselte.

Plötzlich übertönte der rhythmische Ruf „Prete Rosso! Prete Rosso!“ das Getümmel, und Prudenza lenkte den Blick ihrer Freundinnen von der obersten Galerie auf einen nur mit einer türkischen Seidendecke überworfenen, erhitzten Mann, der mit wilden Stößen eine grell geschminkte, barbusige, sich an der Logenbrüstung des ersten Ranges festklammernde Kurtisane begattete, während sich der gemalte Vorhang zum wiederholten Mal vor dem in Ovationen badenden Bernacchi gehoben und wieder gesenkt hatte.

„Das ist Marschall Schulenburg“, schrie Pelegrina Anna ins Ohr, „der die Türken von Korfu vertrieben hat!“, und steigerte zusammen mit dem Auditorium und den euphorisch ihre Wachslichter schwenkenden Gondolieri die „Prete Rosso“-Rufe zu einem Orkan, der das ganze Opernhaus unter den rhythmischen Schreien nach Antonio Vivaldi erbeben ließ, bis Santurini vor den Vorhang trat und sich mit pathetisch in die flirrende Luft geworfenen Armen gegen die Raserei stemmte, die erst Minuten später unter Schulenburgs lang gezogenem „Rossooo!“-Schrei zu einem wissenden Gelächter abebbte. Mit erhobenen Armen erwartete Santurini die Stille seines tausendköpfigen Publikums, in dessen keuchendem Atem nur die tropfenden Wachsbäche Hunderter Kerzen auf Hüte, Perücken, Köpfe, Schultern, Dekolletés und Dreispitze klatschten, ehe er sich langsam zur Seite drehte und seinen linken Arm mit geöffneter Hand gegen die schmale Auftrittsgasse hinter den marmorierten Holzsäulen des Bühnenportals sinken ließ.

Als Vivaldi erscheint, empfängt ihn ein Schrei aus tausend Kehlen, der das Theater erneut in ein Tollhaus verwandelt, dem sich Santurini, rückwärts staksend und unter Verbeugungen immer auf den purpurrot gekleideten Geiger weisend, durch die gegenüberliegende Gasse entzieht. Vivaldi scheint den ihm entgegenfliegenden Sturm des Publikums zu umarmen, als er sich lächelnd verneigt und seinem am vordersten Pult sitzenden Vater etwas zuruft, worauf die Musiker des Orchesters ihre Noten wechseln und mit dem ersten Bogenstrich des Komponisten jene Akkordtürme in die plötzliche Stille fächern, die er mit seiner Geige erklimmt, um sich von ihrem höchsten Punkt in aberwitzige Sphären abzustoßen, in denen er mit einer vibrierenden Kadenz eine Ewigkeit lang verweilt, bis ihm das Orchester im Begeisterungsschrei des Publikums den Harmonienteppich zur Landung auslegt, den er aber nur streift, um erneut aufzufliegen.

„Siehst du? Was ich euch gesagt habe! Und so geht das jeden Abend!", flüstert Capello seinem Schwager zu. „Und was wollt ihr mit den Büchern?"

„Das ist der Traktat meines Bruders und deines Schwagers Benedetto, der diesem perversen Treiben, das sich Oper nennt, ein Ende setzen und die beiden Scharlatane der Lächerlichkeit preisgeben wird, deinen roten Priester und diesen alten Verbrecher, der sich Impresario nennt!", entgegnet Alessandro aufgebracht, seinem Bruder Benedetto nachsehend, dessen maskierter Schatten einen Theaterdiener an der Livree gepackt hält.

„Santurini ist auf der Bühne?", fährt ihn Benedetto an.

„Nein, Signor Conte, im Theater, in den Logen, er pflegt an diesem Punkt der Vorstellung immer seinem Publikum die Honneurs zu machen …"

Der Schatten stößt den alten Mann von sich und folgt seinem Herrn die Treppen hinauf in die Logengänge.

„Da du als Miteigentümer einer Kündigung der Verträge nicht zustimmst, müssen wir zu diesem Mittel greifen, lieber Schwager, um unser Haus von diesem abscheulichen Ungeziefer zu befreien, das den Namen Marcello beschmutzt! Außerdem schreiben sowohl Benedetto als auch ich Musik, und bessere als dieser windige, abtrünnige Priester!“

„Aber ihr schreibt keine Opern!“ Capello wendet sich einer der maskierten Gestalten zu, die aus einem Ledersack Goldmünzen auf den Tisch schüttet.

„Alessandro, ihr habt an unserem Sant’Angelo noch nie so gut verdient wie in den letzten beiden Stagioni, Primavere und L’autunni nicht mitgerechnet! – Zweitausend Louisdor in Stücken zu fünfhundert, hundert und fünfzig. Et bonne fortune, Monsieur!“

Die schwarze Gestalt verteilt Jetons an mehrere weibliche Masken, rafft den Rest zusammen und verschwindet im Dunkel des Foyers.

„Wir haben dieses Zuhältergeld weniger nötig als du, Claudio. Der Ruf der Familie Marcello steht auf dem Spiel und Benedettos Ämter auf der Terraferma!“

„Buona sera, bellissime maschere!“

„Denk an unsere Schwester Lucretia, die immerhin deine Frau ist! Wirf die beiden hinaus und wir geben ihnen den Rest!“

„Qui abita l’angelo della fortuna!“

„Im Gegensatz zum ehrenwerten Senat der Republik sind wir nicht mehr gewillt zu dulden, dass die Huren und Transvestiten in den Opernhäusern Venedigs Hof halten, wenigstens nicht in dem unsrigen, und schon gar nicht unter dem Schutz eines Priesters!“

„Alessandro, könntest du deine Brandpredigt vielleicht etwas weniger schreiend halten, du störst bereits den Kunstgenuss unserer Gäste an Maestro Vivaldis Musik!“

„Das war das letzte Theater, das das alte Schwein zu einem Bordell gemacht hat, und der perverse Rotfuchs hat sich die längste Zeit an den Küken unserer Pietà schadlos gehalten!“

„Ihr seid verrückt, Alessandro! Ein Huhn schlachten, das goldene Eier legt!“

Als Benedetto die Logentüre aufgerissen hatte, vergaß er für einen Augenblick seine Suche nach Santurini, denn vor ihm wurde ein grunzender, dicker, bis auf den Spitzenschleier der Baùta nackter Mann, der den mit Speiseresten und umgeworfenen Gläsern übersäten Tisch umklammert hielt, von einer mannsgroßen Frau begattet, während sich eine andere, deren gekräuselte, hüftlange Haare fast das kantige, unter verwischten Schminkschichten hervortretende Gesicht bedeckten, am Unterleib eines kaum bekleideten Mannes mit blonder Allongeperücke zu schaffen machte, der auf einer Chaiselongue lag und ein grün gerändertes Muranoglas von sich streckte, das der sich stoßweise im Takt der Musik Bewegende mit rot aufschäumendem Wein übergoss. Benedetto Marcello taumelte angewidert an die Logenbrüstung, entdeckte den inmitten von Gondolieri kennerhaft dem Spiel Vivaldis lauschenden Impresario im fünften Rang, worauf er aus dem in der Zugluft flackernden Kerzenschein des mit ochsenblutfarbenem Leder austapezierten kleinen Raumes hinauf zur höchsten Galerie stürmte und seinen Schatten anwies, einen Rang darunter Aufstellung zu nehmen.

„Santurini, Santurini!" schreiend kämpfte er sich durch die zischenden Gondolieri, bis er am vordersten Rand des Balkons dem erstaunten Impresario das aufgeschlagene Buch vorhielt, das dieser ungerührt durchblätterte und im erneut aufbrausenden Applaus zerriss, indem er Seite für Seite hinter sich warf, sodass die losen Blätter tanzend in den brodelnden Zuschauerraum hinunterschaukelten.

Schulenburgs Stimme riss das „Ancora! Ancora! Ancora una volta!" an, das die zur Bühne drängende Menge begierig aufnahm. „Ancora! Ancora una volta!"

„Zum letzten Mal! Wir wollen unser Theater zurück, Santurini!", brüllte Benedetto ins gerötete Gesicht des alten Mannes, dessen „Ancora"-Antwort plötzlich allein durch das Theater hallte, weil unten das beginnende „Da Capo" des Konzertsatzes das Geschrei abrupt beendet hatte. Im aufschäumenden Wirbel der Musik schraubte sich der Impresario wie in einem Tanz dem Zuschauerraum des Theaters entgegen, um die letzten Seiten hinunterzuwerfen, wobei die langen Schöße seines kupferroten Rockes über die niedere Holzbarriere der Galerie glitten, vom unter ihr lauernden Schatten Benedettos ergriffen und mit einem Ruck in die Tiefe gerissen wurden.

Ein Aufschrei, dann Totenstille, nur das Tropfen der Kerzen auf die vom Publikum in seiner Begeisterung verlassenen Bänke, über die Santurini wie eine Puppe mit gebrochenem Rückgrat geworfen worden war.

Endlich löst sich Vivaldi aus der entsetzten Gruppe seiner antiken Bühnenfiguren, begibt sich, gefolgt von seinem Vater und Pisendel, denen sich die übrigen Musiker des Orchesters anschließen, zu dem toten Impresario, senkt sein Ohr auf dessen Herz, erkennt in den auf der Brust Santurinis liegenden Buchseiten die gegen ihn gerichtete Schmähschrift „Il Teatro alla Moda oder Die maskierten Teufel", wechselt den Bogen in die Geigenhand, reißt einige Haare aus seiner schulterlangen, in drei offenen Zöpfen gebundenen Perücke, legt sie über den geöffneten Mund des Freundes und wartet auf eine Bewegung des spinnwebweißen Gespinsts. Er sieht Alessandro Marcello und Claudio Capello umringt von Masken zwischen den geöffneten Flügeln der Mitteltüre, hebt seinen Blick zur Galerie, deren vordersten Rand Benedetto Marcello erstarrt umklammert, löst langsam seinen Seidenschal vom Nacken, glaubt noch inmitten der Gondolieri drei ihm wohlbekannte Orfanelle zu erkennen, entfernt dann die Haare vom Mund seines Impresario, tupft ihm die Blutrinnsale aus dem Gesicht, schließt die staunend aufgerissenen Augen des Weggefährten und belässt seine rechte Hand auf dessen schweißnasser Stirn.

Der allmächtige Gott erbarme sich deiner Seele!, denkt er betend, als Claudio Capello wagt, die atemlose Stille zu durchschneiden. „Ein Unfall! Ein bedauerlicher Unfall, Maestro!"

Vivaldi fixiert Alessandro Marcello, „Ein Unfall!", dann Benedetto, der sich aufrichtet und dem Blick des Komponisten unverhohlen trotzt.

„Don Antonio, es tut mir unendlich leid! Aber setzen wir fort! Bringen wir Eure großartige Oper zu einem guten Ende, im Andenken dieses grandiosen Impresario und für das erlauchte Publikum unseres Karnevals!", setzt Capello fort und klatscht, scheinbar bittend, mehrmals in die Hände, bis sich der Rhythmus, vom Auditorium begierig aufgenommen, in unerbittliche Peitschenschläge verwandelt, unter denen die Musiker und Zuschauer wie in Trance ihre Plätze wieder einnehmen, während sechs Theaterdiener den Toten wegschleppen.

Vivaldi verlässt den Zuschauerraum und findet sich in der überfüllten Wechselstube des Foyers wieder, wo ihm Capello, der seine Bankgeschäfte fortführt, als ob nichts geschehen wäre, winkend zulächelt. Im Theater beginnt das Eis seiner erstarrten Klänge unter der Totenklage eines mörderischen Vaters zu splittern. „Wie Eis fühle ich in jeder Ader mein erstarrtes Blut treiben …"

Dankbar lässt er sich von seinem Diener den fuchsfellgefütterten Mantel um die Schultern legen, den Muff weist er zurück und übergibt stattdessen sein

Instrument an Luca, der es zusammen mit dem Bogen sorgsam in die Kaninchenfelle des Armschutzes bettet und seinem Herrn zu der auf dem Spiegelparkett des Kanals wartenden Gondel folgt, die von zwei Barcaruoli mit genagelten Schuhen an den Füßen das kurze Wegstück vom Teatro Sant'Angelo gegen die Rialtobrücke hin zwischen den wie Fledermäuse vorbeisichelnden Baùten zur Riva del Carbòn geschoben wird.

Venedig

Ospedale della Pietà

Es war heiß im Übungssaal der Pietà, schwül, trotz des beginnenden Herbstes, zu hoch waren die Fenster zum Rio della Pietà in die Mauer eingelassen, man hätte eine Leiter gebraucht, um sie öffnen zu können. Die Anfangstakte des zur Übung anbefohlenen Stückes fielen in vierundzwanzig schweren Tropfen auf den mit dem Markuslöwen geprägten, fischgrätverlegten Ziegelboden des milchig verhangenen mittäglichen Raumes, argwöhnisch überwacht von der Geigenmaestra, einer verhärmten, in den Orden übernommenen Violinspielerin, die verständnislos von Pult zu Pult wechselte, bis sie die Probe mit „Was soll das?" unterbrach und selbst die gleichbleibenden Basstöne auf der G-Saite ihrer Violine nachäffte.

„Das Stück heißt ‚Der Winter'. Don Antonio sagte, es muss kalt sein, hart, wie Eis!", entgegnete die mit ihrem Bogen den Takt schlagende Pelegrina.

„Ja, kalt! Wie Eis! Von wegen!", beschwerte sich Chiaretta, ein groß gewachsenes, knochiges Mädchen. „Ich weiß überhaupt nicht, wann und wie ich da mit meiner Laute einsteigen soll! Und Anna macht auch nichts, Cembalo ist ja verboten, ‚Organo und Violoncello' steht da, aber wir haben nun mal keine Orgel hier!"

„Eis könnten wir jetzt wirklich gut gebrauchen, Pelegrina, findest du nicht? Limone con Cioccolata, das wär doch was!", warf Anna ein, worauf die übrigen Spielerinnen beipflichtend mit ihren Bögen auf ihre Instrumente klopften.

„Annina, bitte! – Allora! Und von Anfang!" Pelegrina setzte die Geige an und spielte, bemüht um den richtigen Ausdruck, den Beginn mit, bis sie in ihr halsbrecherisches Solo wechselte, das plötzlich vom Gang her gedoppelt und in ein aberwitziges Tempo gesteigert wurde.

Anna reißt die Flügel der Eichenholztüre auf und steht vor Prudenza, die offensichtlich im Begriff war, den Weg für Antonio Vivaldi freizumachen.

„Frierend, zitternd im kalten Schnee,
Im eisigen Windesatem,
Schlotternd, stampfend im Weiß,
Die Zähne klappern, die Glieder tun weh.

So beginnt das Sonett, das dem Concerto des ‚Winter' zugrunde liegt. Jede Jahreszeit hat ein solches Sonett, deshalb sind es auch vier Concerti. Vier Concerti, die euch alle Möglichkeiten geben werden, besonders dir, Pelegrina. Es könnte übrigens sein, dass einige von euch diese Klänge schon einmal gehört haben, im Teatro Sant'Angelo, als Anfang einer Arie des Farnace, ‚Wie

Eis fühle ich in jeder Ader mein erstarrtes Blut treiben …', man könnte diesen Beginn auch so verstehen."

Weder Anna noch Pelegrina noch Prudenza wagen es, von ihren Noten aufzusehen.

„‚Die vier Jahreszeiten' werden ein großer Versuch über die Möglichkeiten der Erfindungskraft innerhalb unserer Harmonien sein. Ihr werdet Vögel im Frühling sein, murmelnde Bäche, säuselnde Winde, Gewitter, kläffende Hunde, sengende Hitze, gurrende Tauben, Unwetter, betrunkene Bauern, wilde Jäger, Regen, Stürme, Feuer und Schnee."

Die Mädchen grinsen ungläubig. Vivaldi setzt seine Geige an und beschwört den vor Angst und Kälte stockenden Atem eines von Eisschollen gleitenden Ertrinkenden, „Frierend, zitternd im kalten Schnee …, die Finger können die Töne kaum halten vor Kälte, so –", er entreißt seiner Violine mittels zweier sich auf dem Griffbrett festklammernder Finger die schwächer werdenden Todeszuckungen eines Erfrierenden. „Erstarrung überall, Frost, Tod! Ecco, Orfanelle!"

Die Mädchen setzen ein.

„Mehr, mehr! Spielt Dissonanzen, es muss knirschen! – Knirschen, Antonia! – Chiaretta, keine Akkorde! Die Akkorde zerbrechen vor Kälte."

Chiaretta löst die Lautenakkorde auf.

„Ja, Chiaretta! Anna, steh nicht herum, spiel mit! Eisregenarpeggien!"

Anna läuft zum Cembalo und versucht, sich mit gebrochenen Akkorden einzuflechten.

„Und kein Vibrato, Orfanelle! Gerissen mehr als gestrichen! – Ja! So! Und jetzt, Pelegrina! Im eisigen Windesatem …!“

Pelegrina spielt das Solo.

„Ja! Mehr! – Die Zähne klappern! Die Glieder tun weh!“

Sie versucht es erneut.

„Das ist es, und weiter!“

Das nächste Solo spielt Vivaldi zusammen mit Pelegrina, sie beginnen sich abzuwechseln, sodass die Soli zu ungemein animierten Duos eines nicht enden wollenden Dialoges werden.

„Und jetzt: Schlotternd, stampfend! Im eisigen Atem!“

Spielerisch scheinen die Instrumente der Mädchen Vivaldis Zurufe aufzufangen und in einem Rausch des lang geübten Zusammenspiels freizusetzen.

„Das ist ein Sturm, ein peinigender Sturm aus Eiskristallen, der uns mit abertausend Messerspitzen durch die Lagune jagt wie Schiffe, deren Segel zerfetzen! Grausam! Unbarmherzig!“

Die Mädchen spielen wie besessen, kühn, wild, verbunden wie in einer gemeinsamen rituellen Beschwörung, woraufhin die Maestra den Raum verlässt. Als der Satz zu Ende ist, schließt Prudenza geräuschvoll die Türe.

„Weiter, Orfanelle! Largo! Pelegrina!“

Gemeinsam mit seiner Solistin setzt der Komponist fort.

„Die Pizzicati verdoppeln! Ja! Die Sechzehntel! Ja! – Das ist ein Flockentanz, der wie Tränen an Fensterscheiben niedergeht! Freudentränen! – Ein Tanz! Michaela! Antonia! – Steht auf, geht herum, ihr könnt das gehend spielen, tanzend! Tanzt! – Innen ist es warm, ein Feuer brennt. – Das ist die Liebe, Pelegrina, die Liebe! – Ja, im Schutz der Liebe fliegt die Seele auf dem Pulsschlag des Lebens! – Das ist Glück, ein angehaltener Moment des Glücks, ein Augenblick aus der Ewigkeit! – Ja! So! Gleich noch einmal!"

Währenddessen sind einige Mädchen aufgestanden, sie gehen im Raum umher, dann zueinander, bilden eine Einheit, lösen sich wieder voneinander, frei sich bewegend, wie in einem Zauber schwebend.

Im Läuten der Hausglocke öffnet die Maestra einen Türflügel, um die Oberin eintreten zu lassen, die nicht wagt, die Atmosphäre zu zerstören, bis Vivaldi selbst den Geigenbogen senkt und mit dem letzten Glockenschlag grüßend eine Verbeugung andeutet.

„Wird Don Antonio die Güte haben, heute – ausnahmsweise – die Sexta mit uns zu singen und uns anschließend die Ehre geben, als Gast unser bescheidenes Mittagsmahl mit uns zu teilen?"

„Mit demütigem Herzen das eine, mit großem Vergnügen das andere, Ehrwürdige Mutter!"

Schweigend legen die Mädchen ihre Instrumente auf die entlang der unverputzten Wände laufenden schmalen Holztische und folgen der Priorin zum Mittagsgebet in die Kapelle. Im Türstock wendet sich Prudenza um: „Und so was gibt es nicht für Salmoè?"

Vivaldi, Geige und Bogen in seiner Linken, folgt ihr lächelnd, um vor Anna und Pelegrina, die noch immer mit hochrotem Kopf über den Noten des eben Gespielten verweilt, behutsam die Türe zu schließen.

„Don Antonio", ruft Anna, vom Cembalo aufspringend, „ich habe alle, alle Arien und Rezitative, alle Duette und sogar das Terzett mit Margherita und Pelegrina gelernt und praktiziert. Wann wollt Ihr sie wieder mit mir arbeiten? Wann darf ich sie singen?"

„Morgen."

„Morgen darf ich sie singen? Wo?"

„Morgen werden wir wieder daran arbeiten."

„Und wann darf ich auftreten?"

„Das werden wir sehen. – Wollt ihr nicht beten?"

Wie zur Antwort ließ Pelegrina die zärtliche Melodie des „Largo" erneut aufblühen.

„Sie betet doch, Don Antonio", flüsterte Anna, „sie betet mit Eueren Noten –", und tupfte die Herzschläge der Pizzicatobegleitung unter den selbstverlorenen Schmetterlingsflug der geigenden Pelegrina, bis der Türflügel lautlos in sein Schloss geglitten war. Dann stand sie hinter der Freundin, bedeckte kaum atmend deren Nacken mit den Küssen ihres halb geöffneten Mundes, weitete vorsichtig die Schnürung ihres erdbraunen Mieders, öffnete dessen Schulterspangen, sodass es an ihr niedergleiten konnte, schob ihre linke Hand tastend unter das batistene Unterkleid und berührte schützend Pelegrinas Brust, während sie mit ihrer rechten den Überrock hob, bis ihre Handfläche der Innenseite des Oberschenkels bis zum Schoß zu folgen vermochte, den sie zart umschloss, sodass ihr Mittelfinger die Wölbung der warmen Lippen teilte. Pelegrina, die zu spielen aufgehört hatte, ließ sich in einer Tanzbewegung gegen einen der Tische lehnen, vor dem Anna in die Knie sank. Sie fühlte den Stoff ihres Unterkleides an ihren Beinen emporstreichen, spürte die Haare Annas zwischen ihren geöffneten Schenkeln, sie umklammerte das Griffbrett ihrer Geige, die sie wie den Bogen mit ausgebreiteten Armen von sich gestreckt hielt und schloss die Augen, als Annas Zunge den Punkt ihres Schoßes ertastete, dessen aufblühende Empfindsamkeit sie mit den Jahren ebenso erschreckt hatte wie die Abgründe der Musik, aus deren Sog emporzutauchen ihr oft genug nur mit größter Anstrengung gelang. Ihr war, als hätte sie das Leben noch nie so tief geatmet wie jetzt, da sie sich von den fernher rauschenden Choralwellen des Mittagsgebetes umspült fühlte wie von der prickelnd zergehenden Brandung eines ungeahnten Glücks.

„Magnificat anima mea Dominum, hoch preise meine Seele den Herrn, er hat in Gnaden geschaut auf seine niedere Magd.“

Mit weit geöffneten Armen beugte sie sich auf den Rücken Annas nieder, um mit ihren Zähnen den

Knoten der Miederschnürung zu lösen. Die Geliebte kam ihr entgegen, ihr Kopf richtete sie wieder auf, Instrument und Bogen wechselten die Hände, sodass Pelegrina das erhitzte Gesicht halten und die geschlossenen Lider, die Brauen, die Stirn, die pochenden Schläfen, die Wangen mit Küssen überdecken konnte, bis sich Lippen um Lippen schlossen und die Liebenden ineinander zu ertrinken schienen.

„Siehe, von nun an nennen mich selig alle Geschlechter."

Taumelnd sank Anna in einen Sessel, legte Geige und Bogen neben sich auf den Steinboden, raffte ihre Röcke über ihre elfenbeinhellen Schenkel, streckte ihren rechten Arm nach Pelegrina aus, die unter ihre geöffnete Hand flog, ihre Hüften umfing und den dargebotenen Schoß so leidenschaftlich küsste, dass sich Anna aufbäumte, um die verhasste Schnürung zu weiten und das Mieder von ihrem Oberkörper zu ziehen, nachdem sie die Bänder aus den Ösen der Schulterspangen gerissen hatte. Dann suchte sie eine Hand Pelegrinas und presste sie auf ihre zitternde Brust, indessen sie ihre linke auf den Scheitel der Geliebten sinken ließ.

„Ein – Augenblick – aus – der Ewigkeit …", die Worte flogen auf ihrem Atem, der plötzlich allein den Raum durchpulste, weil das letzte „Amen" des Chorals als silbriges Echo in den Gängen der Pietà verhallt war.

Als die Mädchen einander ansahen, schien die Zeit stillzustehen, bis Pelegrina ihre Geige aufhob und aufs

Cembalo legte, Anna ihr Mieder über die Brust zog und an die Schulterspangen fädelte, Pelegrina das ihre über den Kopf streifte und sich umwandte, um geschnürt zu werden. Beim ersten Zug an den Bändern legte Anna ihre Stirn auf Pelegrinas Schulter, deren Kopf den der Freundin suchte, bis sich die Lippen erneut fanden.

„Das ist die Liebe, Pelegrina! – Anna, die Liebe!", rief die eintretende Prudenza in den mondsteinfarben schimmernden Raum. „Los jetzt, bei unserem bescheidenen Mittagsmahl wird man euch nämlich ganz sicher vermissen!"

Wie Schlafwandelnde torkelten die Mädchen auf den Gang, wo sich ihre Schritte allmählich beschleunigten, Anna dicht hinter Pelegrina, Prudenza dicht hinter Anna, eine der anderen das Mieder schnürend, während sich ihr Lachen an den hohen Mauern des Treppenhauses brach.

Venedig

Piazzetta
Piazza San Marco

Vivaldi stand winkend im gleißenden Gegenlicht an der Riva, aber es war keine Gondel zu haben. Er wandte sich unwillig gegen die aufgerissene Piazzetta, die er, über einzelne Steinplatten springend, zu überqueren suchte, um zum Markusplatz zu gelangen, dicht gefolgt von Pisendel, der seit Tagen nicht von seiner Seite wich.

„Was haben Sie denn, Maestro?“

„Haben Sie es nicht bemerkt, Pisendel?“

„Was, Maestro?“

„Sehen Sie sich jetzt nicht um! Wir werden von zwei Masken verfolgt, seit wir die Pietà verlassen haben, das bedeutet nichts Gutes in Venedig. So kommen Sie schon!“

Der sächsische Geiger bemühte sich, dieselben Platteninseln zu erreichen wie Vivaldi, was ihm aber wegen seines Körpergewichtes nicht gelang, also musste er immer wieder unter Mühen in das mit Sand und Mörtel aufgeschüttete, meerwassernasse Grundfundament des Platzes steigen, auf das eine Hundertschaft von Steinklopfern seit Wochen eine neue, vier

Handbreit höhere Ebene schichtete, um die Piazzetta einer andauernden Überflutung zu entziehen.

Vivaldi hatte den Markusplatz erreicht, in dessen Gewimmel aus Masken, Pastakochern, Meeresspinnensiedern, Trommlern, Lauten- und Chitarronespielern er zwischen schirmüberspannten Marktständen, aufgezimmerten Schaubühnen mit schreienden Arlecchini, Pantaloni, Colombine und zähneziehenden Quacksalbern seine Verfolger abzuschütteln gedachte. Nach Atem ringend ließ er sich auf einer die Säulen der neuen Prokuratien umgebenden Bänke des Caffè „Alla Venezia Trionfante“ nieder und forderte den ihm nachkeuchenden Musiker dringlich auf, doch etwas zu bestellen, „Caffè, etwas Weißwein, Wasser! So gehen Sie schon!“, worauf dieser, beflissen nickend, in der überfüllten Caffè-Bottega des seit einem Dutzend Jahren den feinsten türkischen Kaffee an der Piazza röstenden Floriano Francesconi verschwand.

„Ihr verzeiht, Maestro“, Vivaldi fuhr herum, als eine maskierte Gestalt hinter ihm auf der lederüberzogenen Bank Platz nahm und ihren Larvendreispitz zur Seite schob, „aber man muss Euch ja schon auflauern wie ein venezianischer Spion, um Euch sprechen zu können!“

„Wenn, dann immer nachmittags und zu Hause, an der Riva del Carbòn, Konsul von Regaznig, das dürfte Euch nach so vielen Jahren doch bekannt sein!“

„Ihr verzeiht, ich war gestern da, vorgestern, vor drei Tagen, also blieb mir nichts anderes übrig, als mich an Eure Fersen zu heften, und siehe da, wieder ist es Nachmittag, und Ihr seid hier. Aber ich wollte Euch nicht beunruhigen, weder ich noch mein Diener Mathis, der nur zu gerne im Schutz seiner Maske verharrt, wenn Ihr erlaubt, den Ärmsten ziert nämlich eine Hasenscharte!"

„Das habt Ihr aber bedauerlicherweise, Konsul von Regaznig, schon meines Freundes Pisendel wegen. Es ist in Venedig nun einmal beunruhigend, als Mann von Baùten verfolgt zu werden, die nicht weiblich sind. Unser ‚Großer Rat', der ‚Maggior Consiglio', gibt sich nämlich die größte Mühe, so allwissend zu sein wie Gott, und halb Venedig hilft ihm dabei. – Ich dachte schon, Sie wären verhaftet worden, Giovanni", rief Vivaldi Pisendel zu, der einen türkisch verkleideten Kaffeehausdiener an den schmalen Tisch des Komponisten dirigierte, „weil Sie einen Kastraten in den Kanal geworfen haben, der Ihre Kompositionsversuche verkräht hat, oder haben Sie eine Primadonna eingesperrt, um sie nach Dresden zu entführen? – Darf ich vorstellen, unsere Sbirren! Aber die Herren sind einander ja schon mehrmals und bei den verschiedensten Anlässen begegnet, auch ohne Masken!"

„Come va, Signor Pisendel? – Ein beschwerlicher Umstand, nicht wahr, dass ausgerechnet jetzt die Piazzetta erhöht und neu gepflastert werden muss! Die Serenissima sollte doch etwas mehr Rücksicht auf ihre Gäste nehmen, finden Sie nicht?"

Mit „Caffè, auch für mich!“ entließ Regaznig den Diener, der kunstvoll zwei Karaffen mit Wasser und Weißwein, eine hochstielige Weinschale und eine knochenweiße Porzellantasse mit Kaffee auf dem tablettgroßen, mit Narzissen intarsierten Holztischchen arrangiert hatte.

„Sbirren? Welche Sbirren, Maestro?“, warf Pisendel irritiert ein, ehe er die Tasse vom Tisch nahm, sich auf die andere Seite der Bank in Regaznigs Rücken setzte und argwöhnisch das brodelnde Treiben auf dem Platz beobachtete.

„Sbirren! Spione! Unsere Verfolger, die wir gerade abzuschütteln versuchten, Giovanni!“ Vivaldi wandte sich an Regaznig. „Ist darin die deutsche Seele zu erkennen, dass sie arglos, gutgläubig und treu ist, Konsul? Oder ist das eine Besonderheit der sächsischen, quasi una moda sassone?“

„Was die Treue zu Eurer Musik betrifft, so ist sie eine durch und durch deutsche, Maestro, die von keinem anderen Land Europas übertroffen wird. Womit wir beim Thema wären. Maestro, wann darf ich Euch in einer geschäftlichen Angelegenheit unter vier Augen sprechen?“

„Hier und jetzt, Konsul, Signor Pisendel ist ein Freund …“

„… und Nebenbuhler! In Sachen Musik, versteht sich. Also ohne Umschweife und nur um die Geduld meines Auftraggebers nicht zur unerträglichen Folter werden zu lassen: Graf Schönborn dankt für die erhaltenen Werke und verlangt, ja er dürstet nach neuen! Er vervollkommnet sein Violoncellospiel mit jedem Tag und wünscht nichts mehr, als es an Eueren unnachahmlichen Pièces zu messen, um sich die quälende Zeit bis zu seiner ersehnten Pilgerfahrt nach Venedig zu verkürzen! – Wein, wie der Maestro!", rief Regaznig dem Kellner zu und nahm ihm die dampfende Kaffeeschale vom Tablett.

„Ein Glas für den Konsul, ich trinke nicht mehr!", gab Vivaldi dem erstaunt abgehenden Diener mit auf den Weg.

„Das Maß meiner Musik verkürzt die Zeit bis zur Pilgerfahrt – ein schöner Gedanke, Konsul! Kommen Sie in drei Tagen, Sie werden Ihre Konzerte gegen ein entsprechendes Honorar erhalten. Im Übrigen verlegt, wie Ihr wisst, Le Cène meine Werke in Amsterdam für die Welt, gegen die für mich üblichen Sätze."

„Selbstverständlich weiß ich, Maestro! Was finge die Musikwelt auch ohne Le Cène an!"

Regaznig unterbrach sich, als eine Baùta vor der Gruppe auftauchte und blitzschnell ein Billett wie eine Spielkarte vor Vivaldi platzierte, die dieser mit dem Satz „Ich werde kommen!" aufnahm, worauf sich die schwarze Gestalt nach einer schnellen Verbeugung im Gedränge der Kolonnaden verlor.

„Aber eine persönliche Widmung ist doch für den Adressaten ungleich wertvoller!"

„Für den Komponisten ebenso, Konsul von Regaznig! – Die Herren entschuldigen mich, aber der Conte

Capello bittet mich um eine wichtige Unterredung in Sachen Oper.“ Vivaldi warf, sich erhebend, eine Münze auf den Tisch.

„Und was ist mit Dresden, Maestro? Mein durchlauchtigster Kurfürst und König fasst das Juwel unserer Stadt schon in Kanäle, um sie zur Bühne für Eure Musik zu machen!“

„Das ist großartig! Für Sie, Johann Georg, denn Sie spielen die Violine ja fast schon wie ich! – Adieu, meine Herren, und beschenken Sie noch eine Weile den Chitarronespieler dort mit Ihrer geschätzten Aufmerksamkeit, er spielt ungemein reizvoll die alten Weisen eines Landsmannes von Ihnen, der ein großer Liebhaber unserer Stadt war. Sein Name war Kapsberger, in Venedig Giovanni Girolamo genannt!“

Venedig

Teatro Sant'Angelo

An diesem Probenvormittag war das Teatro Sant'Angelo wie verzaubert. Künstler und Personal, die unter der Leitung ihres neuen Impresario und Komponisten die begierig erwartete erste Aufführung der Herbstsaison vorbereiteten, verrichteten ihre Tätigkeiten wie in Trance, gebannt vom sehnsüchtigen Werben zweier Geigen, gefangen im pulsierenden Netz der Streicher wie die kristallen aufglitzernden Cembali, über denen sich der einsame Lockruf der Natur in den Klagelaut einer menschlichen Seele verwandelte.

„Ihr kleinen Zephire, die ihr flüstert,
Ihr Bächlein, die ihr murmelt,
Lindert meine Sehnsucht!
Oh schildert meinem Abgott
Meine Qualen, mein Verlangen!“

Langsamer schwebten die Zugstangen, die Flugmaschinen, die gemalten Wolkenhänger in das durch die geöffneten Fenster des Schnürbodens, die aufgezogenen Dachluken fließende, opalene Licht des Bühnenhimmels, die Männer an den Donnerröhren wagten nicht, die schweren Steine auf die Gelenkspfannen zu legen, mittels derer sie durch die wie Blitze geknickten Eisenkamine von der höchsten Holzgalerie auf den Grund der Bühne gekippt werden konnten, das unheimlichste Grollen, die verheerendsten Unwetter imaginierend, die offenen Trommeln der Windmaschinen in ihren Leinenbahnen standen still, die in den Plankenboden eingelassenen Schlitten für Streitwagen, Drachen, Seeungeheuer und Schiffe, die drehbaren Wellenspiralen, die unbespannten Kulissenrahmen, die Stränge der Seilzüge verharrten wie erstarrt, im Zuschauerhaus standen die Theaterdiener auf den Bänken des Parketts und vermochten nicht, frische Kerzen in die herabgelassenen Kronleuchter zu stecken, selbst den Sängern und Sängerinnen des Chores, den Darstellern und Darstellerinnen kleinerer Rollen, den Garderobieren, den Perückenknüpfern, den Näherinnen und den Bühnenmalern war es unmöglich, sich zu bewegen, als Vivaldi die an der Rampe stehende Anna unterbrach.

„Anna! Du singst, mehr nicht! Das ist zu wenig für ein Dramma per musica! Hab keine Angst! Denk daran, was du schon in der Pietà gemacht hast. Die Bühne gehört dir, das ist dein Raum, das ist ein Hain mit Bächen, Winden, Vögeln. Selbst die Blätter reden zu dir. All das ist die Sprache deiner Sehnsucht, deiner Sehnsucht nach Liebe! Beweg dich, du stehst nicht in der Kirche! Such dir einen Ort, empfinde den Raum um dich, der nichts als Ausdruck deines Gefühls ist!

Sei dieses Gefühl, Anna! Du verzauberst alles um dich, weil du liebst!“

Sie begannen zum dritten Mal von vorne, Anna verließ die Rampe, ging in die Bühnentiefe, breitete die Arme aus, drehte sich einmal, zweimal um sich selbst und sang.

„Wo ist das Echo? Wir brauchen ein Echo! Wer singt das?“

Da stieß eine Choristin ihre Tochter auf die Bühne, ein dickes, blutjunges Mädchen, das außerstande war, den vor dem Orchester stehenden Komponisten anzusehen.

„Willst du?“

„Natürlich will sie, Maestro!“, antwortete die Mutter. „Nun zier dich nicht, geh schon!“ Mit feuerrotem Kopf tippelte das Mädchen in der Hinterbühne hinter einen leeren Kulissenrahmen und sandte, ohne sich nach dem Dirigenten umzusehen, glockenrein die „Liebe“-Rufe Annas als zärtliches Echo in den leeren Raum des Bühnenhauses.

„Brava!“, rief Vivaldi, „Und weiter!“

„Liebe, antwortet der Bach …“ – „Liebe, antwortet der Bach …“

„Es wäre schön, wenn auch das Geigenecho von der Bühne käme, aber nicht von dir, Vater, dich brauchen wir hier als Konzertmeister!“

„Liebe, antwortet der Bach …“, rief eine Geigenstimme unendlich zart von der obersten Galerie des Zuschauerraumes.

„Der Ton ist nicht von dieser Welt!“, erklärte Vivaldi dem erstaunten Orchester, ohne sich umzudrehen, „es ist die Stimme der begnadetsten Geigerin der Pietà! – Danke, Pelegrina dal Violin, aber das ist leider nicht möglich, und du weißt es, aber wir danken dir für diesen Gruß vom Himmel!“ Er wandte sich an Pisendel: „Giovanni, würden Sie das bitte machen und bei der nächsten Arie wieder hier spielen?“

„Mit dem größten Vergnügen, Maestro, nur werde ich nicht die ganze Stagione hier sein, ich bin zum Konzertmeister ernannt und zurück nach Dresden beordert.“

Im Applaus und Holzgeklapper der mit ihren Bögen auf die Instrumente klopfenden Musiker rief der Komponist dem mühsam die Bühne erklimmenden Geiger „Gratuliere! Es wird schwer werden, einen Ersatz für Maestro Pisendel zu finden!“ nach und setzte die Probe fort. „Ecco: Liebe, antwortet der Wind …“– „Liebe, antwortet der Wind …“

„Das ist es, Anna! So wird es wunderbar! – Liebe, antwortet die Schwalbe …“

„Liebe, antwortet die Schwalbe …“, hauchte Anna in die Stille, und Pisendels Echo war noch nicht verflogen, als der Zauber des Augenblicks von hohen metallenen Rufen zerrissen wurde. „Bravi! Bravi! Bravissimi!“

Bernacchi stand im Parkett und deutete gönnerhaft einen enthusiasmierten Applaus an, indem er hektisch in seine straußenledergeschützten Hände klatschte, sodass die Rubinknöpfe seiner fast ellbogenhohen, malvenfarbenen Rockaufschläge aneinanderklackten, während sein Gefolge, bestehend aus zwei livrierten Dienern, einem Kammerdiener, einem Sekretär, einem Korrepetitor, einem Garderobier, einem Perückenmacher, zwei Gondolieri und acht Trägern mit Korbtruhen und schrankartigen Kostümkoffern, die Bühne einnahm.

„Don Antonio, verehrter Maestro, Sie verzeihen meinen Überfall, aber ich kann es nicht erwarten, Ihre neue Arie mit Ihnen zu akkordieren! Zum anderen erwartet mich der Conte Grimani zu einem kleinen Begrüßungsempfang anlässlich meiner Wiederkehr nach Venedig, eine Ehre, der ich mich unmöglich entziehen kann, erweist sie mir doch der Besitzer des Gran Teatro ‚Giovanni Grisostomo', des glanzvollsten Opernhauses dieser Stadt, in dem ich neben dem Sant'Angelo, dem ich aus Wertschätzung Ihrer Person selbstverständlich die Treue zu halten gewillt bin, in dieser Herbstsaison auftreten werde, wie Ihnen sicherlich nicht entgangen sein dürfte, verehrter Maestro, die Tauben gurren es ja sicherlich schon auf den Plätzen. Apropos, ich beglückwünsche Sie zu Ihrem Mut, nach dem tragischen Unfall unseres allseits geschätzten Santurini als Impresario mit dem Sant'Angelo Ihr Glück zu wagen, was aber bei Ihrer fulminanten Musik alles andere als ein Risiko sein dürfte, noch dazu, da Sie doch offensichtlich auf Ressourcen zurückgreifen können, die einem Normalsterblichen auf ewig unantastbar bleiben dürften."

Indessen war er auf die Bühne stolziert und hatte über Annas Hand einen Kuss angedeutet, nachdem er sich aus seinem tief gefächerten Rock geschält hatte, der von seinen Dienern aufgefangen und auf einen der Körbe drapiert worden war.

„Meinen Kontrakt betreffend scheinen noch einige Modalitäten bezüglich des Salärs einer Klärung zu harren, aber mein Sekretär hat alles Diesbezügliche längst ausgearbeitet, sodass wir uns jetzt endlich dem zuwenden können, was uns schließlich zusammenführt, nämlich der Musik! Ihrer Musik, Maestro! – Das Rezitativ ‚Ah, Silvia, tu sei quella crudele pastorella' können wir uns in Anbetracht meiner leider nur knapp bemessenen Zeit sparen, obwohl wir ja die grausame Schäferin Silvia im wahrsten Sinn des Wortes zur Hand hätten, in Gestalt der überaus reizenden Anna … – Unter welchem Namen wird der morgen aufgehende Komet Ihrer Entdeckung nun seine Bahn durch das Universum der Oper beginnen, verehrter Maestro?"

„… della Pietà!", entgegnete Vivaldi, dem Continuospieler die Noten aufschlagend.

„Girò!", rief Pelegrina von der höchsten Galerie und duckte sich hinter die Holzbrüstung.

„Girò! Oh, hab Dank, du Stimme vom Himmel, wer auch immer du seist! Selbstverständlich! Girò! Wenn man schon einmal den Namen eines französischen Perückenmachers getragen hat, muss man ihn doch auch verwenden! Girò! Anna Girò! Wie geschaffen für die Oper! Und der Perückenknüpfer wird mit dem Verdienst, uns Anna auf Geheiß des Meisters aus der Bedeutungslosigkeit emporgereckt zu haben, wieder in diese zurücksinken …“

„Sie wollten mit ‚Ardi, svena‘ beginnen, Maestro Bernacchi“, unterbrach Vivaldi den Redeschwall des nunmehr in einen feuerroten Schleppmantel gehüllten Sängers, „und in Anbetracht Ihrer knapp bemessenen Zeit sollten wir das auch tun!“

„Mit Vergnügen, Maestro! Wahrlich, ‚ich brenne, meine Sinne verlassen mich!‘ – Bitte, Maestro!“

Lachend begann Bernacchi, seine halsbrecherischen Koloraturen auf dem rasenden Pulsschlag des Orchesters treiben zu lassen, bis er unterbrach und Vivaldi zurechtwies. „Verzeihung, Maestro, aber das muss, mit Verlaub, schneller sein. Das erwartet mein Publikum von mir, wozu würde es sonst ins Sant'Angelo kommen. In die Pietà geht man vielleicht wegen der Orfanelle, in die Oper geht man wegen Bernacchi. – Und Bernacchi ist fähig, ihnen zu geben, wonach sie gieren, jedenfalls stimmlich. Also bitte, Maestro! Es sind Ihre Noten, die ich in ein Feuerwerk verwandeln möchte, zu Ihrem Ruhm und zum Ruhm Ihres Theaters!“

Vivaldi hob zum Zeichen des Einverständnisses seine rechte Hand, begab sich zum Cembalo und ließ sie, das beschleunigte Tempo mit drei Fingern vorgebend, auf die Tasten fallen, um selbst die Arie in jenes aberwitzige Tempo zu treiben, dem zu folgen sogar Bernacchi die äußerste Mühe hatte.

Venedig

Ospedale della Pietà

„Liebe!“, sang Anna leise in die Nacht.

„Liebe, antwortet die Schwalbe!“, summte Pelegrina das Echo, ohne sich umzuwenden.

„Ich wusste, dass du hier oben bist!“

„Wo sollte ich sonst sein, wenn du dort drüben singst? In unserer Zelle wäre ich gestorben!“

„Ist dir nicht kalt?“

„Nicht in deinen Armen! Oh Anna, Annina, Nina, dass du wieder da bist! Wie war es?“

Die beiden jungen Frauen flogen sich in die Arme, ein dunkler und ein heller Vogel über den Dächern von Venedig, und hielten einander umfangen, länger als die drei Glockenschläge, die eine Westbrise vom Uhrturm des Markusplatzes über die Bleidächer des Dogenpalastes zum nächtlich kühlen Altan der Pietà herüberwehte.

„Dass du nicht dabei warst, mein geliebter Engel!“

„Ich werde wohl nie dabei sein können, Nina, wenn du auf eine Bühne gehst und singst.“

„Warum nur, warum, warum, warum?“ Sie glitten, einander umklammernd, auf die Holzplanken der luftigen Terrasse nieder.

„Weil ich der Pietà gehöre und sie nicht verlassen darf, Nina, das weißt du doch!“

„Und ich, warum darf ich?“

„Weil Don Antonio für dich die Ausnahme erwirkt hat, weil er dich für seine Opern braucht, vielleicht auch, weil er dich vor Jahren gebracht hat!“ Sie umhüllte die nackten Schultern der Freundin mit ihrem schwarzen Wollmantel. „Jetzt sag schon, sag! Oder willst du, dass ich auf der Stelle sterbe?“

„Es war ein Triumph! Ganz Venedig war da. Der halbe Große Rat mit Familien saß in den Logen, die Morosini, die Dandolo, die Grimani, die Volpi, die Spinelli, die Rezzonico, die Contarini, die Gritti, die Balbi, die Priuli, die Loredan, die Barberigo, einfach alle!“

„Das ist ja die ganze Verwaltung der Pietà!“

„Genau! Und alle haben sie wie wild geklatscht! Am lautesten war natürlich wieder Schulenburg mit seinem orientalisch kostümierten Gefolge, aber selbst die Conti Marcello haben applaudiert und der Conte Capello, der mit seiner Frau in ihrer Loge saß, hat ‚Bravissima!‘ gerufen! Begreiflich, hat er doch Don Antonio als Impresario gegen die Brüder seiner Frau durchgesetzt! – Es war nach ‚Anderò, volerò, griderò‘: Bernacchi in seinem goldenen Brustpanzer hat sich nach seiner ‚Ardi, svena‘-Arie beim Niedersinken so sehr in der endlos langen Schleppe seines purpurroten Feldherrenmantels verfangen, dass ihm sein Helm mit den riesigen weißen Straußenfedern vom Kopf gefallen ist und er fast nicht mehr aufstehen konnte. Das Publikum, besonders seine Gondolieri-Claque, hat getobt, aber es hat auch gelacht. Und weil er nicht von der Bühne kam, habe ich, nach einem Blick zu Don Antonio, einfach mit meinem Rezitativ begonnen. ‚Oh welche Worte! Welche Worte bewegen im Innersten die Seele mir …‘, und es wurde ganz still. Ich saß da hinten auf meiner Bank, nicht mehr, und Bernacchi musste mit seinem Helm in der Hand in die Gasse schleichen, aber niemand hat mehr gelacht, sie haben mir einfach zugehört, und nach meinem Racheschwur ‚Ich werde aufbrechen, ich werde fliegen, ich werde schreien, werde jedes mutige Herz zur Schlacht, zur Rache rufen …‘, mein Engel, da brach ein Sturm los, wie ich ihn noch nie in einem Theater erlebt habe, auch damals nicht, als wir uns vor Jahren zum ersten Mal ins Sant'Angelo geschlichen haben, du erinnerst dich, als Santurini von der Galerie gestürzt wurde. – Zuerst habe ich gar nicht geglaubt, dass ich gemeint sei, ich war ja nicht mehr auf der Bühne, bin im Nachspiel mit meinem Schwert in der Hand abgelaufen, da hat mich Samuele Piccardini, der alte Inspizient, genommen und mit ‚Das gehört dir, Annina della Pietà‘ so heftig hinausgestoßen, dass mein Kleid fast an den Kerzen in den Spiegelschildern an der Rampe Feuer gefangen hätte. Ich wich zurück und stand da in diesem Sturm, ohne mich zu verbeugen, bis plötzlich von der Galerie der Schrei ‚Bravissima, Girò!‘ alles noch übertönte, und den machten die Gondolieri, die doch

Bernacchi bezahlt hatte, mit, bis das ganze Theater ein einziger Schrei war, der nicht enden wollte: ‚Girò! Girò! Girò!'"

„‚Girò!' haben sie geschrien?"

„Ja, Pelegrina, ‚Girò!' Ich habe meinen Namen wiederbekommen! Ich habe meine Mutter mit meiner Schwester Paolina oben unter den Gondolieri gesehen, ihre Gesichter waren tränenüberströmt! Uffenbach stand auf seiner Bank und hat nur geschrieben, so als wollte er Don Antonios Noten kopieren, und Schulenburg hat ‚Evviva la Pietà!' dazwischengebrüllt. Und dann habe ich gesehen, wie Bernacchi in seinem Kostüm, mit dem Helm auf dem Kopf, in der Loge von Kardinal Ruffo erschienen ist, das musst du dir vorstellen, Pelegrina, mit dem Helm auf dem Kopf!, und ihm und seinem Gefolge etwas zugeflüstert hat, wobei er immer auf mich und Don Antonio gezeigt hat. Ich habe weinen müssen und bin dann nach unzähligen Verbeugungen abgegangen und nicht mehr wiedergekommen, obwohl der Sturm anhielt. Und hätte Don Antonio nicht eine Sinfonia gespielt, wäre die Aufführung überhaupt nicht mehr weitergegangen."

„Und sie haben ‚Girò' geschrien?"

„Ja, Pelegrina, ‚Girò'! Ich habe meinen Namen zurückbekommen, meinen Namen!"

Anna stand auf, kletterte auf die Holzbalustrade des Altans und balancierte wie eine Seiltänzerin mit ausgebreiteten Armen gegen den Campanile von San Marco, als wollte sie ihn umarmen.

„Meinen Namen, Pelegrina, meinen Namen, und meine Mutter hat es gehört! Ganz Venedig hat es gehört!“

Venedig

Palazzo Marcello

Der Kardinal lehnte in seinem purpurroten, taillierten, ungeschlossenen Morgenmantel schokoladeschlürfend an der Schmalseite eines der die Fensterspalierungen goldbraun schimmernd fortsetzenden, den gesamten Bibliotheksraum einfassenden Bücherschränke und widmete seine Aufmerksamkeit einer von zwei Gondolieri in schnellem Tempo den Gran Canal heraufgeruderten Gondel, an deren Kabine eine große, maskierte Gestalt Halt suchte, in der Ruffo aufgrund eines silbrig aufleuchtenden Brustkreuzes sofort die Priorin der Pietà erkannte, die er mittels eines noch in der vergangenen Nacht übersandten Billetts zu einer Unterredung in den Palazzo Marcello gebeten hatte.

„Zu stolz, um in der Felze Platz zu nehmen, gleitet die Herrin der Pietà wie ihr eigenes Monument durch die Serenissima! Das müsst Ihr Euch ansehen, Conte!"

Alessandro Marcello trat in das andere der beiden auf den Canal Grande führenden Fenster der Familienbibliothek.

„Hätte sie nicht Vivaldi als Maestro di Coro e de' Concerti , also als Alleinherrscher über die gesamte

Musik der Pietà unter Vertrag, müsste ihr die Republik für ihre äußerst effektive Haushaltsführung sogar Respekt zollen, Eminenz, aber …"

„… aber weder Ihr noch Euer Bruder würde sich doch in den Alltag des Musikbetriebs herablassen, der aus geduldiger Unterweisung, stetiger Erneuerung und beständigem Exerzitium besteht, mein lieber Graf, abgesehen einmal davon, dass sich das für einen venezianischen Edelmann, der seinen Ämtern und der Verwaltung seiner Güter nachzukommen hat, gar nicht ziemt, auch wenn seine Compositiones das Repertoire der Orfanelle zweifellos bereicherten!"

„Danke, Eminenz, auch im Namen meines Bruders. Wir fühlen uns außerordentlich geehrt, dass Eure Eminenz unsere bescheidenen Kompositionsversuche wohlwollend zur Kenntnis nehmen!", erwiderte Marcello, während die Priorin den teppichbelegten Landungssteg betrat, ohne die Hilfe der herbeigeeilten Diener in Anspruch zu nehmen, und sich zielstrebig auf das marmorumrandete Portal das Hauses zubewegte.

„Mich interessieren an Vivaldi weder seine Fähigkeiten als Komponist noch als Lehrer, es ist mir um etwas gänzlich anderes zu tun, Conte!"

„Das ist mir bekannt, Euer Eminenz, deshalb werde ich mich nun zurückziehen, nicht ohne nochmals meine Dankbarkeit für Euer Engagement in dieser Angelegenheit zum Ausdruck gebracht zu haben, und bitte, ganz über unser Haus zu verfügen."

„Danke, Conte, wenn auch unsere Beweggründe

für Selbiges verschieden sein dürften, denn diese noch immer kursierende ‚Il Teatro alla Moda'-Schrift scheint mir eher dazu geeignet, das venezianische Publikum anhaltend zu amüsieren, als den zweifelhaften Ruhm Vivaldis zu schmälern, auch wenn sie Euer heißsporniger Bruder seit nunmehr einigen Jahren schon unter dem Titel ‚Die maskierten Teufel' verbreiten lässt."

„Indem ich Benedettos noch immer jugendlichen, aber durchaus heiligen Eifer zu entschuldigen bitte, möchte ich mir dennoch erlauben, mich zurückziehen zu dürfen, da die allseits hochverehrte Priora das Stockwerk unseres Studienrefugiums bereits erreicht haben dürfte und ich aus Diskretionsgründen Anweisung erteilt habe, sie unangemeldet vorzulassen."

Alessandro Marcello verschwand zwischen den Büchergalerien hinter der in Kirschholz mit Schreibfedern und Pergamentrollen eingelegten rückwärtigen Türe, als ein schwarz livrierter Diener die Flügel des lindgrün stuckierten Musiksalons aufstieß, aus dem die ihre Baùta weiterreichende Priora in den bronzenen Lackschimmer dunkelnder Hölzer und goldgeprägter Bücherrücken tauchte, verhielt und wie Rotwild Witterung aufzunehmen schien.

„Gelobt sei Jesus Christus."

Sie sank in die Knie.

„In Ewigkeit Amen, Eminenz."

Sie wagte nicht, aufzusehen, vermochte das sich ihr nähernde Knistern der Schleppe des purpurfarbenen

Moirémantels nicht zu deuten, bis sich dessen bodenlange Seiten zusammen mit purpurnen Schuhen und Seidenstrümpfen in ihr Gesichtsfeld schoben und sich der taubeneigroße Saphir am Zeigefinger des Kardinals zum Kuss darbot.

„Ich danke, dass Ihr Euch so schnell hierher bemühen konntet, Ehrwürdige Mutter."

Die knochige, perlmuttfarben manikürte Rechte drehte sich, um sie wie in einer Aufforderung zum Tanz emporzuheben, wobei ihr Blick über die hagere Gestalt in schneeweißen Kniehosen und ebensolcher seidener Hemdbluse glitt, bis er von grauen Raubvogelaugen in einem kantigen, von unzähligen Jagden wettergegerbten Gesicht fixiert wurde.

„Eine Selbstverständlichkeit, Eminenz, da Ihr, wie Ihr schriebt, wünscht, dem Priester bei uns im Ospedale della Pietà nicht zu begegnen, wofür ich volles Verständnis habe."

„Ich wünsche an keinem Ort einem Priester der Heiligen Römischen Kirche, der dem Verfall der Sitten durch Karnevalsbelustigungen wie Opern Vorschub leistet, zu begegnen, sei er nun abtrünnig oder nicht, Ehrwürdige Mutter. Weder in Venedig, der Brutstätte aller Laster, noch anderswo!", erklärte der Kardinal begütigend, indem er ihre Hand freigab und an ein rundes Säulentischchen trat, um seine mit Hagebuttenranken gefasste Porzellantasse abzustellen. „Und ich wünsche, dass nirgendwo mehr irgendjemand einer solchen fleischgewordenen Verhöhnung unseres Glaubens begegnet, jetzt und in aller Zukunft nicht.“ Er wies auf eine Karaffe mit bernsteinfarbenem Wein, den er, nachdem die Priorin dankend abgelehnt hatte, in eines der auf einem silbernen Tablett stehenden Kristallgläser goss.

„Indem ich Eure Entrüstung verstehe, Ehrwürdiger Vater, erlaube ich mir dennoch darauf hinzuweisen, dass Don Antonios Dispens vom Lesen der heiligen Messe vom Heiligen Stuhl aus, seiner Krankheit wegen, gewährt wurde, ebenso wie seine Arbeit als Compositore und Maestro di Coro e de' Concerti zum Ruhme unseres Instituts und der ganzen Stadt vom Patriarchen von Venedig durchaus gebilligt, ja gefördert wurde, und dass schließlich, mit Verlaub, der Heilige Vater selbst eine Opernaufführung des Maestro unter der Leitung desselben in Rom beehrt hat und ihr mit großem Wohlwollen gefolgt ist, ja sogar den Wunsch geäußert haben soll, neuen Bühnenwerken aus der Feder Vivaldis beizuwohnen, für deren Produktion an Ort und Stelle Don Antonio bereits um Urlaub von der Pietà eingekommen ist.“

Ruffo hatte sich in einem der gepolsterten, mit moosgrünem Samt tapezierten Armfauteuils niedergelassen und ein Stück Mandelgebäck in sein Glas gesenkt. „Lasst ihn also gehen, Ehrwürdige Mutter, je eher, desto besser für das Ansehen der Pietà in der Welt unseres Glaubens!“ Er schob das vollgesogene Biskuit in seinen Mund und begann, es genüsslich zu zerdrücken. „Denn ich teile die Milde des Heiligen

Vaters in diesem Punkt durchaus nicht, kann er doch aufgrund seiner allseits bekannten Leidenschaft für die Musik den Schaden nicht abschätzen, den dieser Ketzer unserer Heiligen Kirche zufügt. – Ehrwürdige Mutter, der ‚Vin Santo‘ ist vorzüglich! Wollt Ihr Euch nicht zu mir setzen und ihn kosten?“

Die Oberin erhob dankend die Hände.

„Wo waren wir? – Ja … bei der Leidenschaft … bei der Passion … Aber, ist nicht jede Passion, außer der unseres Herrn und Gottes Jesus Christus, durch die er uns erlöst hat, als Werkzeug der Versuchung zu verdammen und mit allen Mitteln zu bekämpfen wie der Versucher selbst, Ehrwürdige Mutter?“

„Gewiss, Euer Eminenz.“

Und wie kann es dann geschehen, dass ein Verräter unseres Glaubens eine Tochter der allerheiligsten Mutter der Pietà Eurer Obhut entführt, um sie in der Lasterhöhle des Theaters als Beweis für die allgegenwärtige Macht des Satans zu prostituieren? – Wollt Ihr wirklich nicht? Es ist immerhin ‚Vin Santo‘, Ehrwürdige Mutter, und wir befinden uns nicht in der Fastenzeit …“

Die Priorin bewegte verneinend ihren Kopf, ihre Hand suchte die Rückenlehne eines Sessels, auf den sie sich langsam niederließ.

„Anna Organista, auch Annina della Pietà genannt, singt sehr gut und ist eine außergewöhnlich begabte Schauspielerin“, begann sie, jedes Wort abwägend, „sodass Don Antonio uns um die Förderung dieses Talents auf einer Bühne gebeten hat, unter seiner Führung, in einem Theater, für das er selbst als Impresario die Verantwortung trägt."

„Und das erst durch einen unaufgeklärten Mord frei geworden ist! Anna Organista! Annina della Pietà! – ‚Girò!' brüllt die Claque und die Galerie schreit ‚Girò!' zurück! Seit wann haben die Töchter der Pietà Namen außer denjenigen, die ihnen ihre Aufgaben zuweisen, und seit wann darf der Pöbel es wagen, durch das Schreien dieser Namen ihre alleinige Mutter der Schmerzen, ohne deren Erbarmen diese verlorenen Kreaturen nichts als Dreck wären, lauthals zu verspotten?"

„Es ist mir unerklärlich, durch wessen Indiskretion dieser Ausnahmefall in der Geschichte der Pietà publik werden konnte, Eminenz."

„Mir nicht, Ehrwürdige Mutter", Ruffo schnellte in die Höhe, ebenso die Oberin, „und ich werde kraft meines mir von Gott verliehenen Amtes als Bischof seiner Heiligen Kirche bis ans Ende meiner Tage nicht ruhen, bis ich diese Häresie ausgemerzt und aus seiner Schöpfung getilgt haben werde", der Kardinal läutete, „und mit einem unerbittlichen Karnevals- und Maskenverbot für den gesamten Klerus, auch den weiblichen, werde ich in meiner Diözese Ferrara damit beginnen."

Er bot seine Hand zum Kuss, die Flügel der Doppeltüre sprangen auf, die Priorin sank in die Knie.

„Ehrwürdiger Vater, in Demut und Reue erbitte ich Euren Segen …“

Der Lakai streckte den Maskendreispitz in den Raum.

Venedig

Riva degli Schiavoni
Ospedale della Pietà

Anna stopfte die gefilzte Decke des Bootes dichter um ihre Schenkel, sie zog ihr Kaschmirplaid fester um die Schultern und versuchte, durch die aufgezogene Jalousie der mit gewachstem schwarzen Leinen überdeckten Felze ihrer Gondel dem kaum wahrnehmbaren Schein einer im undurchdringlichen Bleigrau aufschimmernden Fackel den Umriss einer Säule, die Ecke irgendeines ihr bekannten Hauses zu entreißen, was ihr unmöglich war. Unentrinnbar schien sie in der kalten Welt der Todesschatten gefangen, in der nur der ersehnte, kaum zu erwartende Ruderstoß des Gondoliere auf eine Bewegung hoffen ließ.

Sie wusste nicht, wo sie war. Schon im Hafenbecken von San Marco? Oder hatten sie den Rio San Moisè noch gar nicht verlassen, ging es gar nicht an der Piazzetta vorbei? Warum sah sie kein Licht in der Bibliothek des Sansovin? Der Palast des Dogen – dunkel? Hatte die Pest gewütet in ihrer sechsmonatigen Abwesenheit und alle dahingerafft? Venedig – tot? Wurde sie nach San Michele verschifft, zur Toteninsel? War Charon ihr Fährmann? Sie hatte nicht in sein Gesicht gesehen, als sie, von der Reise erschöpft und fröstelnd, in die schwarzen Kissen gesunken war.

„Zur Pietà", hatte sie gesagt.

„Zur Pietà, ich weiß, Signorina Girò, zur Pietà …"

Woher kannte er ihren Namen? Wusste er, dass ihre Mutter und Paolina nach Venedig gezogen waren und zusammen mit ihr am Corte del'Alboro unweit des Teatro Sant'Angelo eine Wohnung bezogen hatten? Aber sie hatte sie doch mit ihrem Gepäck in einer anderen Gondel vorausgeschickt! Hatte er das beobachtet? Warum kannte er ihren Namen? Warum konnte sie das ölige Glucksen seines eintauchenden Ruderblattes nicht hören? Warum hatte sich in ihrem Gehirn die fahle Flötenkadenz über den sterbenden Akkorden von Don Antonios „Der Schlaf" festgesetzt? Sie musste an Cattina dal Flauto denken, für die Don Antonio das Nacht-Konzert geschrieben hatte, jenes hoch aufgeschossene weißblonde Mädchen, das sie wegen seiner ausgehungerten Knochigkeit „das Tödlein" nennen: *Nennen? Genannt haben? Pelegrina! – Die Pietà! – Die Pest! – Gütiger Gott, Gott im Himmel, lass nicht … Es ist ein Traum, ein böser Traum …*

„Wir sind da, Maestra Girò!"

Sie riss die steifen rückwärtigen Vorhänge ihrer Kabine auseinander. „Wo sind wir?"

„Wir sind angekommen, am Ufer der Pietà, Signorina Primadonna!"

„Ich sehe nichts!"

„Niemand sieht etwas in diesem Nebel, Signorina Girò!“

„Woher kennst du meinen Namen?“

„Ich habe Sie mehrmals im Theater gesehen und gehört, Maestra. Aber warum wollen Sie zur Pietà zurück? Ihnen gehört doch die Welt!“

„Die Liebe treibt mich in die Pietà zurück, Gondoliere! Wie ist dein Name? Oder heißt du Charon?“

„Mein Name tut nichts zur Sache, Maestra, aber ich heiße Giuseppe, wie mein Vater, der auch Gondoliere ist.“

„Giuseppe! Aber ich sehe die Pietà nicht, Giuseppe!“

„In dieser Nacht sieht niemand die Pietà. Niemand sieht irgendetwas in Venedig in dieser Nacht, Maestra! Aber wenn Sie Ihre rechte Hand ausstrecken und unter die Bank greifen, finden Sie eine Laterne, und wenn Sie mir diese geben, werde ich sie entzünden und Sie hinübergeleiten zur Pietà.“

„Hinübergeleiten?“

„Hinüber, über die glitschigen Steine der Riva degli Schiavoni zur Pforte der Pietà, Maestra, wenn Sie es denn so wollen.“

Anna ertastete die eiserne Laterne und reichte sie dem Gondoliere, der sein Feuerzeug anrieb, bis die Kerze brannte, ein schwaches Licht, ein Glühwurm vor dem breiten, bartgeränderten Gesicht des Fährmanns, das sie an ihren vor Jahresfrist verstorbenen Vater erinnerte. Sie griff nach der großen dargebotenen Hand, übernahm die Ampel, fühlte sich aus der schwankenden Gondel auf das Steinfundament der Riva gehoben, von einem starken Arm umschlossen und über die nassen Steinplatten bis zu einer plötzlich aufragenden Wand geführt.

„Da ist sie, die Mauer der Pietà. Behaltet das Licht, Maestra, damit Ihr den Eingang findet!“

„Aber …“, rief Anna in die Dunkelheit, „Euer Lohn!“ Sie stand allein. „Euer Lohn!“

„Euer Gesang ist mein Lohn, Signorina Primadonna …“, hörte sie eine ferne Stimme aus dem Dunkel, „… E buon fortuna! Buon fortuna, per tutta la vita!“

Anna hob die Laterne. Da war es, das eisenbeschlagene Kirchenportal der Pietà – verschlossen. Wenn sie sich an der Mauer entlang zur linken Ecke tastete, musste sie den Stein finden, hinter dem sie vor sechs – oder waren es acht – Jahren, den Schlüssel versteckt hatten. Ihre Finger folgten den Fugen, sie kniete nieder, um die Ziegel vom Boden aufwärts zu zählen, siebzehn mussten es sein, ja, der siebzehnte Ziegel ließ sich bewegen, aber dahinter verbarg sich kein Schlüssel. Also musste sie läuten. *Jetzt um diese Zeit? Aber umkehren, nach Hause? Wie, in dieser Nacht?* Sie konnte kaum die Kerze erkennen, wenn sie die Laterne mit ausgestrecktem Arm vor sich hielt.

„Du, Licht, erbarme dich meiner!“, flüsterte rufend eine helle Stimme aus der Nacht.

„Wer bist du?“

„Leih mir dein Licht!“

„Komm zu mir, ich kann dich nicht sehen!“

Anna erschrak vor der weißen Maske, die plötzlich vor ihrem Gesicht auftauchte.

„Zeig mir die Scaffetta, ich habe etwas abzugeben!“

„Was hast du abzugeben?“

„Dasselbe, was du schon abgegeben hast.“

„Ich habe nichts abgegeben.“

„Was tust du dann hier?“

„Ich will hinein.“

„Warum willst du da hinein?“

„Weil ich hier zu Hause bin.“

„Hier zu Hause? Das war ich auch einmal, aber ich konnte fliehen. Leuchte mir jetzt zur Scaffetta!“

„Anna legte ihre Rechte auf die Schulter der schwarz verhüllten Frau und zog sie Schritt für Schritt der Mauer entlang bis vor die in der Wand eingelassene Öffnung zwischen den gedrehten Marmorsäulen, deren mit einer verblassten Schutzmantelmadonna bemalten Holzläden geschlossen waren.

„Worauf wartest du? Öffne die Türe!“, befahl die schwarze Gestalt heiser flüsternd. Anna löste den als Mantelspange der Gottesmutter angebrachten Eisenriegel aus seiner Halterung und zog die schmalen Flügel auf, sodass der rote Schein einer Öllampe einen an das Fensterbrett geschobenen quadratischen Tisch aus dem Dunkel hob, auf den ein ebensolcher niederwandiger Korb mit einer ihn flach auskleidenden, gefütterten Leinenauflage gestellt war.

„Du läutest erst, wenn ich verschwunden bin!“

Anna glaubte, Tränen in der Stimme der jungen Frau wahrzunehmen, die jetzt ein schwarz umwickeltes Bündel unter ihrem Umhang hervorhob und durch die Öffnung vorsichtig in den Korb senkte, dann die Ampel an sich riss und in der Finsternis verschwand.

Als Anna den Zapfen des Klingelzuges umfasste, schob sich in dem magnolienblütenweißen, kleinen Gesicht des Kindes eine winzige Zunge zwischen rosenfarbene Lippen und schien die Brust seiner Mutter zu suchen, sodass Anna nicht zu läuten wagte, um das Neugeborene nicht zu wecken, das in kleinen Stößen aufatmete und seinen Kopf zu bewegen begann.

„Wer ist da?“, fragte eine Stimme und der weiß bandagierte, schwarz umschleierte Kopf einer Nonne schob sich über das nunmehr röchelnde Bündel.

„Schließt die Flügel oder gebt Euch zu erkennen!“

„Ich bin es, Schwester Portinara, Anna Organista, Annina della Pietà, die von ihrer Reise zurückgekehrt ist und Einlass begehrt!“

„Und bringst ein Kind der Sünde mit von deiner Reise, Anna Organista, das du verraten willst?“

„Nein, Ehrwürdige Mutter, nicht ich, ich wies im Dunkel einer Mutter nur den Weg zum Tor der Barmherzigkeit. So lasst mich ein, ich bitte drum!“

„So schließ die Flügel denn, ich will dir öffnen!“

Anna stand erneut in der Schwärze der Nacht, nachdem sie die schweren Holzläden zusammengeklappt und den Eisenriegel in seine Halterung gelegt hatte, sie wartete, bis sich das unweit der Scaffetta in die Ziegelmauer gehauene, mit Eisenbändern zusammengehaltene niedere Portal rasselnd geöffnet hatte, um mit einem „Gelobt sei Jesus Christus“ in die Pietà zu schlüpfen, deren hier katakombenartigem Schacht sie, den vorbeihuschenden Schwestern Scrivana und Chirurga ausweichend, bis zum schwach erhellten Treppenhaus folgte, über das sie die Zellenflucht im dritten Stockwerk erreichte, in dem eine leise, silbrig aufschluchzende Melodie widerhallte, die sich in einem schwermütigen Tanzrhythmus verfangen hatte, auf dessen punktiertem Takt sie bis zur letzten der unzähligen schmalen Türen schlich, um durch deren notenblattgroße Holzklappe in die Zelle der Freundin sehen zu können, was nicht möglich war, weil die Öffnung des Überwachungsfensters mit Kleidern verhängt war.

Pelegrina stand spielend an dem kleinen, von zwei Kerzenleuchtern erhellten, mit Notenblättern übersäten Holztisch, den sie unter das hoch liegende, auf den Seitenkanal der Pietà führende Fenster geschoben hatte. Sie schien die sehnsüchtige Kantilene mit ihrem übergeigengroßen Instrument zu wiegen wie eine Mutter ihr liebeskrankes Kind, oder wie es die blassblau ummantelte Madonna auf dem Fresko an der Zellenwand mit ihrem über ihren Schoß gelegten toten Sohn tat.

Anna war es, als wäre sie nie weg gewesen, ihr schmales Bett war frisch gemacht, die milchfarbene

Decke darüber gebreitet und so zurückgeschlagen, dass sie nur noch darunter zu schlüpfen brauchte, der Betstuhl mit dem Spind über der Armbank stand an der Fensterwand wie der Pelegrinas auf der anderen Seite des Tisches, auf dem Stuhl die Waschschüssel aus hellgrüner Keramik, der gefüllte Wasserkrug daneben, das leinene Tuch zum Trocknen über der Lehne.

Leise, um die Freundin nicht zu erschrecken, flüsterte sie: „Ich bin wieder da", worauf Pelegrina im Spielen innehielt, der Bogen schwebte zitternd über den Saiten, und sich langsam umdrehte wie eine lebensgroße, mechanische Puppe, deren Bewegungsautomatik unterbrochen war.

„Das – ist – eine – Viola – d'amore, – die ich – spielen – gelernt – habe. – Die – Geige – der – Liebe …", stammelte Pelegrina, unverändert den Bogen über dem an ihrer Schulter in der Farbe gestockten Blutes liegenden Instrument haltend. „Sie – hat – zwölf – Saiten, von – denen – ich – sechs – spiele. – Die – anderen – schwingen – mit, – aus – Liebe, – sagt Don Antonio." Plötzlich war ihr Gesicht tränenüberströmt. „Das – ergibt – den fernen – silbernen – Klang – der – Liebe. – Fern – und – sehn-suchtsvoll. – Fern – und …"

„Pelegrina, Liebste, ich bin wieder da!"

„Der – Vogel – fliegt – zurück – in – den – Käfig, – aus dem – er – schon – entkommen war."

„Ohne dich kann ich nicht sein!"

„Ohne dich – kann ich – nicht – sein“, wiederholte Pelegrina stockend, führte den Bogen mit ihrer Rechten neben ihre Hüfte, senkte die in einem geschnitzten Amourettenkopf auslaufende Viola, legte, sich ruckartig bückend, Instrument und Bogen auf ihr Bett, richtete sich wieder auf, stürzte auf Anna zu und presste sie mit ihrem Körper gegen die Türe, indem sie sich, ihren Kopf mit einem Schmerzenslaut zurückwerfend, an den Kleiderhaken festklammerte wie eine Ertrinkende, worauf Anna ihre Arme um den Rücken der sie Bedrängenden schlang, um sie fester an sich zu ziehen. So verhielten sie eine Weile, zwei Frauen, zu einem Körper geworden, bis Pelegrina die heimgekehrte Geliebte zu küssen begann, verzweifelt, wild und leidenschaftlich. Dann legte sie ihren Kopf an den der Freundin und fragte zärtlich: „Wie warst du? Wie ist Florenz?“

„Solange Don Antonio mir die Rollen schreibt, kann ich nur gut sein“, antwortete Anna, unter Lachen ihren Kopf bewegend, weil der Atem, die Wimpern, das Haar der sie Liebkosenden ihren Hals mit Schauern überzogen. „Ich möchte seinen Ruhm durch ganz Europa tragen. Ich bin berühmt, mein Schatz! Florenz ist streng und voller Männer, und Rom ist übergroß und voller Kastraten. Sie trinken dort nur Rotwein. Ich habe dem Papst die Hand geküsst und selbst Bernacchi war deshalb freundlicher zu mir. Ich habe viel Geld verdient, gebe aber nur ein Viertel davon ab. Der Rest geht für Garderobe drauf und für

Kostüme, und eine Wohnung hab ich auch genommen. Dort wohne ich jetzt mit meiner Mutter und mit Paolina, die ich heimlich nach Venedig geholt habe, und Paolina begleitet mich auf meinen Reisen. Jetzt weißt du alles. Mir ist kalt!"

Einander einzelne Kleidungsstücke von den Körpern lösend, schoben sich die jungen Frauen wie tanzend durch den kleinen Raum der Zelle.

„Nicht mehr lange!", antwortete Pelegrina und sank, die Geliebte über sich ziehend, auf deren Bett und umhüllte sie mit der gefilzten Decke.

Jetzt ist es Anna, die die Freundin küsst, während eine Hand durch die Türklappe hindurch vorsichtig versucht, den davor hängenden Mantel zur Seite zu schieben.

„Nina, weißt du es schon? Stell dir vor, wir reisen! Für dich ist das ja nichts Neues, aber für mich! Die ganze Pietà reist nach Triest! Nicht die ganze, aber die ganze Musik, der Chor, das Orchester, Chiaretta, Prudenza, du, ich, Don Antonio. Der deutsche Kaiser will ihn sehen, sagt Marschall Schulenburg, der alles eingefädelt hat. Du weißt doch, Schulenburg, der Türkenbezwinger von Korfu, der mit seinem orientalisch kostümierten Gefolge, du musst dich doch noch an ihn erinnern!"

Sie hatte Anna blitzschnell unter sich gedreht, das leinene Tuch von der Stuhllehne gezogen und als Turban um ihren Kopf geschlungen, worauf Anna sie lachend mit ihrem Becken mehrmals in die Höhe stemmte und übermütig den „Pre – te Ros – so! Pre – te Ros – so!"-Ruf mit ihrer Bewegung rhythmisierte.

„Hör zu, mein Schatz! Und weil die Republik dem Kaiser, der auch noch die Musik über alles liebt, für seine Hilfe gegen die Türken danken will, schickt sie zu seiner Huldigung eben das Beste, was sie in der Musik und überhaupt zu bieten hat, nämlich uns!"

„Das ist klar! Und die Ehrwürdige Mutter?"

„Machtlos. Der Patriarch von San Marco hat interveniert und der Doge hat die Sache zur wichtigsten der Serenissima erklärt. Das Arsenal rüstet schon seine Prunkflotte, Don Antonio bringt seine Jahreszeiten mit und du singst die Juditha!"

„Mir ist trotzdem kalt!"

„Oh Nina, Nina, geliebte Nina!"

Von der Zellentüre fällt lautlos ein schwarzer Mantel und die Priorin wird Zeugin, wie die beste Geigerin der Pietà in unendlich zarter Behutsamkeit auf die vor Jahren eingeschleuste Anna aus Mantua niedergleitet, wie sich Hände ineinander schlingen und voneinander lösen, wie sie sich in ihren Körpern suchen, finden, ertasten und einander lustvoll aus dem Schöpfungsatem der Liebe neu erschaffen.

Triest

I

Unter dem Salutdonner der am stahlblauen Horizont vor dem weit ausgreifenden Hafenbecken von Triest aufkreuzenden venezianischen Schiffe schwebte die weißgoldene Gestalt des Kaisers auf einem von vier weiß gekleideten Lakaien vorsichtig an zwei Deichseln gezogenen Podestwagen durch die Puderwolken des mit einstöckigen Holzgerüsten ausgesteiften Leinenzelts, in dem sechzehn Diener im Atemrhythmus sechzehn an randvoll mit rosenparfümiertem Puderstaub gefüllte Fässer angeschlossene Blasebälge drückten, um ihren Gebieter, den Herrscher über das Heilige Römische Reich Deutscher Nation, dessen Atemwege mit einer seinem Antlitz nachgeformten elfenbeinfarbenen Gesichtsmaske geschützt waren, mit der göttlichen Aura der Unsterblichkeit zu umkleiden.

Ein Regiment aus Trommlern, Paukisten, Fanfaren- und Trompetenbläsern hieß die im gleißenden Licht dieses Spätsommernachmittags golden aufleuchtenden venezianischen Galeeren willkommen und geleitete sie bis an die mit jubelnden Menschen überfüllte Mole, während Karl VI. die weidekoppelgroße Rasenterrasse vor dem Palast seines Statthalters

Montenari durchmaß, um als wolkenumhüllte Lichtgestalt an der göttergekrönten Sandsteinbalustrade über den auf vier Prunkschiffen einlaufenden Venezianern zu erscheinen, in gebührendem Abstand gefolgt von seinem rostrot gekleideten Günstling und Adjutanten, dem knabenhaften Wiener Grafen Thomas Vinciguerra Collalto, umschwirrt von einer halben Hundertschaft schwarzgold betresster Lakaien, die seine Maske entgegennahmen, die Schminke seines Gesichts nachbesserten, die Locken seiner löwenmähnigen, brustlangen Allongeperücke ordneten, die goldenen Kordeln seines von der linken Achsel bis zur rechten Schulter gespannten, golddurchwirkten Schleppumhangs drapierten und mit Eiderdaunenwedeln die wachteleigroßen Diamantknöpfe seiner knielangen eierschalenfarbenen Damastweste, seines tief gefächerten, weit ausgestellten, schneeweißen Seidenrockes, seiner ellbogenhohen Armstulpen, seiner Moiréschleifen auf den Zungen seiner hochsohligen, weiß gegerbten Delfinhautschuhe samt den karmesinroten, handbreithohen Absätzen vom aufwirbelnden Puderstaub befreiten.

Während drei der voll besetzten, jubelnd den Kaiser grüßenden Prunkgaleeren mit gestrichenen Segeln langsam vor der Mole kreuzten, hielt sich die mit aufgezogenen Halbmondfahnen bestückte vierte unter dem metallisch aufklingenden Spiel der rasselnden Janitscharenmusik türkischer Kriegsgefangener meerwärts, bis Schulenburg, nachdem der Kaiser, umgeben von einer opalfarbenen Wolke, seinen diamantagraffenbestückten, von weißen Straußenfedern überquellenden Atlasdreispitz gegen den Himmel gestreckt hatte, von der dritten Galeere mit sinkendem Schwert den Befehl für das Feuer aus sieben Bordkanonen erteilte, deren Kugeln die erbeuteten muslimischen Kriegsbanner im Aufschrei der entsetzten Menge zerfetzten, um sie unter den Jubelrufen des Publikums durch auffahrende christliche, venezianische und habsburgische Siegeszeichen ersetzen zu lassen. Dann wies er mit großer Geste auf die mittlere der mit dem gesamten Chor und dem großen Orchester der weiß gekleideten, granatblütensträußchengeschmückten Orfanelle besetzten Galeeren, die sich indessen mit kunstvollen Schlägen zwischen zwei weit ins Meer gebaute Landungsstege manövriert hatte, sodass sie, umgeben von einem Fächer aus gehobenen roten Ruderblättern bebend verhielt, als Vivaldi mit dem triumphalen Eröffnungschor seines Oratoriums „Juditha" jenen für die auf der steilen, unterhalb der Felsenbalustrade des Kaisers errichteten Holztribüne zusammengepferchten Hof- und Honoratiorengesellschaft unbegreiflichen instrumentalen und stimmlichen Glanz entfaltete, auf dessen Strahlen der Ruhm der Pietà bis in die entferntesten Winkel des Heiligen Römischen Reiches Deutscher Nation gelangt war.

„Waffen, Mord, Rache, Raserei, Not, Furcht und Schrecken, fliegt uns voran!"

Der siegesgewisse Gesang des die Israeliten unter

der Führung ihres Feldherrn Holofernes belagernden assyrischen Heeres verwandelte sich, unterstützt von den Fanfarenbläsern und Paukenschlägern von San Marco in eine Apotheose des Triumphes der christlichen Heere über die vor Wien, Belgrad und Peterwardein vernichtend geschlagenen Türken, deren Bezwinger unter dem vielstimmigen seraphischen Hymnus der Orfanelle, einem Kriegsgott gleich, die geöffnete Steinbalustrade durchschritt, um sich auf einer über den Köpfen des Publikums schwebenden, von weißem Damast umhüllten Plattform niederzulassen. Erneut feuerten die von Hunderten wimpelgeschmückten Beibooten, Seglern und Ruderbarken umdrängten venezianischen Galeeren gegen den aufblinkenden Horizont, während hinter den Mädchen, begleitet vom Jubelgeschrei der Schaulustigen, das bestickte goldrote Großsegel emporgehisst wurde, sodass der den Markuslöwen mit ihrem weiten mondblauen Mantel schützenden Gottesmutter von den jetzt in der flirrenden Luft zerstiebenden Fontänen paarweise sich überwerfender Klangkaskaden aus Flöten, Geigen, Mandolinen, Theorben und Schalmeien gehuldigt zu werden schien, ein Schauspiel, dem der über allem schwebende Kaiser nur stehend zu folgen vermochte, so sehr fühlte er sich auf den Scheitel einer ihm bis zu diesem Moment unvorstellbaren Welle blitzenden Glücks gehoben, die erst im aufrauschenden Applaus nach dem Konzertsatz zerging, als Vivaldi nach einem kleinen Zeichen an das Orchester das Schiff verließ, um am Ende des auf die Mole zulaufenden, teppichbelegten Weges in einer tiefen Verbeugung zu verharren.

Ein leises, metallenes Knirschen zeigte ihm an, dass der Kaiser den Befehl gegeben hatte, seine Plattform von der Felsenterrasse aus niedersinken zu lassen, eine Fahrt in atemloser Stille, die der Komponist mit einem Fingerzeig in eine vom pochenden Metrum stockender Herzschläge begleiteten Vision der gottgesandten, vom Himmel niederschwebenden Majestät verwandelte, umflochten von den Silbergirlanden der Viola d'amore Pelegrinas, die den wolkenweißen höchsten Herren der Christenheit auf seinem Weg zu Vivaldi umspielten. Der Musiker sank ins Knie, um den dargebotenen Diamantring des Kaisers zu küssen, wurde aber von dessen linker Hand, die seinen Kniefall verhinderte, dazu eingeladen, Seite an Seite mit ihm das Spalier der gaffenden Menge zu durchschreiten und sich auf dem zwischen den voll besetzten Tribünen gelandeten weißen Bühnenpodest über die Köpfe des staunenden Hofstaates zu erheben, emporgetragen von der erneut einsetzenden Klangflut seines Chores „Arma, caedes, vindictae, furores, angustiae, timores precedite nos!“, emporgezogen von den hinter feuerroten Leinenbahnen verborgenen Dienern an eigens zu diesem Anlass in die Felswand verankerten Seilwinden.

Triest

II

Langsam drehte sich das riesige Feuerrad vor dem saphirblauen Nachthimmel des Golfes von Triest, in dessen an diesem Abend unbewegtem Hafenbecken das domhohe Gerüst auf dreiundzwanzig aneinandergetäuten Lastkähnen von dreihundert Ruderern in einer gleichbleibenden Stellung gehalten zu werden hatte, die es dem Kaiser ermöglichte, von dem vor dem Palazzo seines Statthalters wiedererrichteten türkischen Feldherrenzelt dem als lautloses Spektakel anbefohlenen Feuerwerk zu folgen, ohne jedenfalls in seinem Musikgenuss beeinträchtigt zu werden, der ihm über jede pyrotechnische Neuerung kostbar war, insbesondere, da vor den gegen das offene Meer hin zurückgeschlagenen blutroten Seidenplachen die schwarz gekleideten Orfanelle mit ihren Instrumenten jene drückende Sommerhitze beschworen, die von der über dem nächtlichen Meer kreisenden, golden aufglimmenden Sonnenscheibe auszugehen schien.

„Und was ist das?“, wandte sich Karl an Vivaldi, der zu seinen Füßen auf einem mit orientalischem Rankwerk bestickten Kissen lagerte, eine Abschrift seiner den „Vier Jahreszeiten“ zugrunde liegenden

Sonette in Händen haltend. „Das! Was grollt da so unheilvoll unter der so unendlich gefühlvoll klagenden Violine?"

Er führte eine in dünnen Biskuitteig gefasste Feige zum Mund, die ihm ein neben ihm kniender Sklave, ein schwarzhäutiger, aufglänzend maurisch kostümierter Knabe mit maisgelbem Turban auf einem elfenbeineingelegten Ebenholztablett gereicht hatte.

„Das ist noch immer der Sommer, Majestät, die ermattende Hitze, die stechende Sonne, und das Grollen ist ein fernes Gewitter, das sich nähert."

„Das ist doch viel mehr, Vivaldi! Als duckte sich die Schöpfung nieder aus Angst, die Sonne könnte vom Himmel stürzen." Er schob seine beringte, weiß behandschuhte Hand vorsichtig unter einen randvoll gefüllten, morgenrötlich schimmernden Muschelkelch. „Meint Er nicht?"

„Majestät beschämt den Handwerker, dessen Stück Sie trotz dürftiger Erklärungen zu einem Kunstwerk macht."

Kaum schien die verdurstende Geigenstimme Pelegrinas ihr Leben ausgehaucht zu haben, zeichnete sich ein krakenarmiger, bengalisch aufflammender Blitz in die Stille des Nachthimmels.

„Jetzt kommt das Unwetter, das verheerende Inferno, das jeder Tod im Gefolge hat, Majestät!", flüsterte der Komponist dem champagnerschlürfenden Monarchen zu und entfesselte mit einem Wink den orchestralen Feuersturm seines Sommergewitters, der die Mädchen der Pietà vor den Glutkaskaden, die jetzt hinter ihnen in das Hafenbecken zischten, in die Weltnacht freigesetzter Naturgewalten zu wehen schien, die sie selbst mit dem Schöpfungsatem ihrer Kunst neu entfachten, sodass die teils hinter dem Kaiser lagernde, teils hinter dem geöffneten Zelt an der abgegessenen Tafel vor dem Palast lungernde Hofgesellschaft zu gespenstisch aufleuchtenden Geistererscheinungen wurde, über die das Spiel aus Feuer und Nacht hinwegfegte wie der Geist Gottes vor ihrer Erschaffung.

Karl war von seinem Sessel auf ein Knie geglitten, unter das Vivaldi geistesgegenwärtig eines der zahllosen orientalischen Kissen geschoben hatte, sein lavaroter Mantel umhing ihn wie die matt geflogenen Schwingen eines gestürzten Cherubim. Seine Augen waren geschlossen, aber Vivaldi vermeinte, Tränenspuren in der Schminke seines Gesichts zu erkennen.

„Ich habe niemals so etwas gehört. Ich habe niemals geglaubt, dass so etwas mit Tönen möglich ist, Antonio – Divino! Ob die Engel der Pietà uns ein zweites Mal mit diesem himmlischen Inferno beschenken?“

Auf die hilflose Handbewegung ihres Meisters hin riss Pelegrina den Satz noch einmal über die aufglühenden Sturzfluten der die Nacht mit ihren Funkenkaskaden zerteilenden kaiserlichen Feuerwerker, während sich hinter dem Zelt der auf Einladung des Kaisers in Begleitung seines Gewährsmannes, des

Frankfurter Konsuls Regaznig, nach Triest geeilte Kaiserliche Geheime Rat, Graf Rudolf Franz Erwein von Schönborn, an die auf der Gartentreppe des Palazzo Montenari das Geschehen beobachtende Priorin der Pietà wandte, belauscht von Anna, die nur zu gerne dem Angebot des kaiserlichen Sekretärs, Graf Thomas Vinciguerra Collalto, Folge geleistet hatte, mit ihm eines der köstlichen, mit speziellen Früchten der Jahreszeiten zubereiteten Sorbets an der wegen des Konzertereignisses längst aufgehobenen kaiserlichen Tafel auf der Rasenfläche unterhalb der flachen Sandsteinstufen einzunehmen.

„Ehrwürdige Mutter, erlaubt mir, dass ich schwärme. Als am heutigen Nachmittage die klingende Barke der Orfanelle in den Armen des freien kaiserlichen Hafens von Triest ihre sanfte Bergung fand, ein Schauspiel, würdig nur der wahren Königin der Meere, war es ein Engel, der mein Herz berührte, eine Göttin, die mit den Silberklängen ihrer Himmelsgeige die Erdenfahrt unseres Durchlauchtigsten Herrn und Kaisers vollendet zu umspielen wusste. Ehrwürdige Mutter, Ihr wisst, von wem ich schwärme! Ich muss, muss sie in meiner Nähe haben, von nun an und für immer, um jeden Preis, den Ihr mir nennt."

„Ihr meint Pelegrina dal Violin – sie ist ein Geschenk Gottes, Graf von Schönborn, das man nicht besitzen kann."

„Der Graf von Schönborn versteht Gottesgeschenke zu schätzen, Ehrwürdige Mutter", bemühte sich Regaznig, den Grafen zu erklären, „sein Onkel ist der Erzbischof von Mainz. Und er besitzt eine der größten Musiksammlungen Deutschlands, insbesondere der Musik Antonio Vivaldis!“

„Sie wird mir ein Orchester formen, das den Ruhm der Santissima Maria della Pietà und ihrer weisen Stellvertreterin auf Erden von den Alpen bis an den Rhein verbreiten wird, mittels Schönborn’scher Besitzungen, die dieses weite Gebiet schmücken. – Ich sagte es schon, um jeden Preis, den Ihr mir nennt!“

„Ein solches Gottesgeschenk ist wohl ein großes Opfer wert, Graf von Schönborn, von unserer Seite, die wir es schmerzlich vermissen werden, und von Eurer, damit Ihr es erhaltet.“

Anna fühlte den Blick der Priorin auf ihren nackten Schultern brennen, sie war außerstande, den langen Silberlöffel mit dem Pfirsichsorbet an ihre Lippen zu führen, eine Arbeit, von der sie der junge Graf Collalto galant entband, indem er selbst das süße Halbgefrorene auf ihre Zunge schob.

„Jedes Opfer, Ehrwürdige Mutter, jedes! Ich lege Euch für diesen Engel ein Landgut diesseits der Alpen zu Euren Füßen, ein Land, in dem fortan allein für Eure Orfanelle Milch und Honig fließen werden. Ehrwürdige Mutter, Konsul Regaznig ist mein Zeuge, es ist ein Landgut würdig eines Fürsten, mit dem ich mich in Eure Hand begebe!“

Mit dem sanft gesprochenen Hinweis „Wir sind in Gottes Hand, Graf von Schönborn, wir alle!“ stieg die

Priorin der Pietà die Stufen zum Palast des kaiserlichen Statthalters empor, gefolgt von Regaznig und Schönborn, um in dessen menschenleerer Sala Terrena ungestört die näheren Modalitäten für die Übertragung des Schönborn'schen Gutes in den Besitz der Pietà festzulegen, während sich Kaiser Karl mit Antonio Vivaldi aus dem Zelt entfernt und an die Sandsteinbalustrade über dem Hafenbecken begeben hatte, dessen schwarzer Spiegel die von Grün über Gelb ins Rotbraun wechselnden Farben der an den Bäumen des Feuerwerksgerüstes dahinwelkenden Blätter zu den niedersinkenden Akkorden der Herbstmusik des Meisters auf die Gesichter der ungleichen Vertrauten warf.

„Ich bitte Sie, Vivaldi, kommen Sie nach Wien. Ich habe gute Musiker, Sie aber werden sie unvergleichlich machen! Meine Oper ist bestens ausgestattet, Sie erhalten alle Mittel, die Sie benötigen, und sind für immer befreit vom Risiko des Impresario! Ich mache Sie zu meinem kaiserlichen Hofkomponisten, mit einem wahrhaft fürstlichen Gehalt, und Sie machen mir Wien zur Hauptstadt der Musik – vor London. Was Händel kann, das kann Vivaldi längst, und mehr! Seien Sie an meinem Musenhof der Gott Apoll!"

Vivaldi vermochte nicht zu antworten, er verneigte sich, sank auf ein Knie nieder und wies auf die sich dem Kaiser nachgewendeten Mädchen, deren Spiellust die Jagdmusik des Herbstkonzertes in einen trunken ungestümen Tanz verwandelte, zu dem am nächtlichen Himmel aufleuchtende, dahinjagende Hirsche im Dickicht der Sternachsen Schutz suchten. Plötzlich fühlte er ein Gewicht auf seinen Schultern und sein gesenkter Blick umfasste die rote Glut des faustgroßen Rubins, der zuvor auf der Brust des Monarchen gefunkelt hatte.

„Genug! Ihr zieht mit Euerer Musik mich fort von Euch, ich folge ihrem Ruf. Mein Antrag gilt – von nun an bis in Ewigkeit –, wo sie als Priester auch für Gottes Engel komponieren werden."

Collalto war seinem Herrn, der fast mit der auf Vivaldi zustürzenden Anna zusammengestoßen wäre, entgegengeeilt, um ihn zum Zelt zurückzugeleiten, wo eine verzückte Gesellschaft staunend zu den von Pelegrina angerissenen, splitternden Klängen des Winters Zeuge eines Feuerschauspiels wurde, in dem sich weiße, blaue Lichter vertausendfachten, um einen Schneestern zu entzünden, der mit den Spitzen seines kristallenen Gesprenges die Nacht zu ritzen schien.

„Sie ist verkauft!", schrie Anna, „Sie ist verkauft!", und presste ihren Körper an den des Komponisten, indem sie seinen Hals so heftig umschlang, dass er um Atem ringen musste.

„Anna, ich bitte dich, komm aus dem Widerschein, wir sind ein Schattenbild, für alle sichtbar!" Nur mit Mühe konnte er sie entlang der Balustrade in den dunkleren Teil des Parks führen. „Wer ist verkauft?"

„Pelegrina ist verkauft! Nach Deutschland! Schönborn hat einen Besitz mit allem Land auf der Terraferma für sie gegeben!“

„Wer hat …“

„Regaznig! Und ist noch stolz auf die Vermittlung! Morgen, morgen ist sie für immer fort! Sie kommt nicht mehr mit uns zurück! Sie kommt nicht mehr mit uns zurück!“, wiederholte sie fortwährend und klammerte sich an Vivaldi, dessen auf ihre Arme gelegten Hände sie zu beruhigen versuchten.

„Pelegrina … Pelegrina dal Violin … Die Pietà kann doch auf eine Pelegrina nicht verzichten!“

„Das ist sie! Diese Teufelin will uns trennen! Das ist ihre Rache!“

„Wofür, Anna? Rache wofür?“ Er hielt ihren Kopf fest.

„Für mein Singen! Für meinen Namen! Für unsere Liebe!“

„Für eure Liebe?“

Mit „Lasst mich, Don Antonio!“ stieß sie sich so heftig von Vivaldi, dass er gegen die Steinbrüstung taumelte, und rannte auf das in einem Fackelmeer dahintreibende Zelt zu, das Pelegrina mit den von ihrer Geige entfesselten Winterstürmen wie eine Rachegöttin vor sich her zu peitschen schien.

„Bleib! Anna, bleib!“ Vivaldi schrie es in die Nacht, stürzte ihr nach, erreichte sie, riss sie zu Boden, warf sich mit seinem leichten Körpergewicht über sie und versuchte sie auf dem nachtfeuchten Rasen zu halten, bis ihr Widerstand unter seinen rasselnden, nach Luft ringenden Atemstößen schwächer wurde.

„Was willst du tun?"

„Ich werde sie warnen!"

„Und was wird sie tun?"

„Sie wird mit mir fliehen!"

„Wohin?"

„Irgendwohin!"

„Anna, sieh auf! Siehst du die sechs dunklen Gestalten, die wie zufällig das Orchester umstehen? Das sind die Wachen der Pietà, die die Mutter Oberin schon instruiert hat. Sie werden nichts tun, wenn alles wie geplant abläuft, sie werden den Gartenpavillon, in dem ihr schlaft, bewachen, ohne dass ihr etwas davon bemerkt. Sie werden um euch sein, auch morgen während der Aufführung der ‚Juditha', so, wie sie immer um euch sind, bei allem, was ihr außerhalb des Ospedale tut. Willst du, dass Pelegrina die Nacht im Kerker verbringt? Willst du, dass sie morgen in Ketten dem deutschen Grafen übergeben wird? Oder willst du, dass sie sich noch heute Nacht von diesem Felsen stürzt? Wirst du ihr den Todesstoß versetzen? Oder willst du zusammen mit ihr zerschmettert auf den Pflastersteinen des Hafens von Triest von venezianischen Matrosen gefunden werden?"

Gleich einem Quell tränkte Anna mit ihren Tränen das Gras unter sich, in ihrer bodenlosen Ohnmacht fühlte sie nur, wie die Hand Vivaldis die Stäbe ihres Fischgrätmieders mit Wärme durchdrang, einer

Wärme, derer sie bedurfte wie ein frisch gesetztes Reh im Junischnee, obgleich sie den, der da sprach, hasste ob seiner labyrinthischen Sätze, die keinen Ausweg kannten, indessen die Freundin unter dem Jubel der kaiserlichen Gesellschaft erneut die Reise durch die ewig gleichen Jahreszeiten begann und wie ein freier Vogel durch die Äste einer Buchenhecke schwirrte und den Frühling grüßte.

Der Frühling, dachte Anna, *war er das, unser Frühling? Und wie alles begann, damals, auf dem Altan der Pietà über den Dächern von Venedig … Ist jetzt unser Sommer gekommen, mit tödlicher Hitze und verheerenden Unwettern? Werden wir die Blitze überleben? Und unser Herbst, ihr Herbst, mein Herbst, wie wird er sein? Was wird sein, bis wir in der Todeskälte erstarren? Wo sie? Wo ich? Und vor dem Ende? Wird es ihn noch einmal geben, diesen „Augenblick aus der Ewigkeit", in dem „die Seele im Schutz der Liebe auf dem Pulsschlag des Lebens fliegt"? Ich werde dich wiedersehen vor meinem Ende, meine Geliebte, werde dich suchen und werde dich finden, wo immer du auch sein wirst, mein Leben, meine Liebe … ich werde dich spielen hören! Durch den Schneeregen der Welt wird mir deine Stimme der Liebe den Weg weisen …*

„Was soll, was kann ich tun?"

„Nichts, Anna, nichts! Sieh zu ihr! Sieh, wie sie auf der Welle ihres Triumphes tanzt in dieser Nacht! Sieh doch, ein Kaiser betet sie an, sie, die Göttin der Violine! Wenn du sie liebst, so lass ihr diesen Triumph, wiege sie in der Sicherheit der schönsten Nacht ihres Lebens! Weißt du, wohin der Weg diese Pilgerin führen wird? Sie, die mit dem Namen Pelegrina so trefflich benannte, sie wird, sie muss ihn gehen! Aber lass ihr diese Nacht, und sei bei ihr, in dieser Nacht! Und sei bei ihr, wenn euch das Licht des Tages auseinanderreißt. Mach ihr den Abschied leicht, lass sie gehen, weil sie dahin gehen muss, wohin das Schicksal sie beruft, das ist das Schicksal aller Orfanelle."

Anna drehte sich langsam auf den Rücken und sah den Priester an, der seinen weißen Seidenschal gelöst hatte, um die Tränen behutsam von ihrem Gesicht zu tupfen. Dann stand sie auf und ging den Rufen des Distelfinken nach, dem ihre Freundin in der lastenden Schwüle des Sommers ihre Geigenstimme lieh, während sich Vivaldi auf allen Vieren der Brüstung zubewegte, um sich an ihr aufzurichten und seine engen Lungenflügel mit der kaum bewegten Meeresbrise zu beatmen.

Triest

III

Anna strich liebkosend über die vor ihr auf einem golddurchwirkten, korallenfarbenen Kissen blinkende Damaszenerklinge, dann hob sie die Schwertsichel mit beiden Händen auf, umschloss Pelegrina mit dem trennungswunden Blick ihrer Liebe und richtete die in der Form eines Halbmonds gebogene, todverheißende Spitze gegen die Mitte ihres Leibes.

Pelegrina wollte aufspringen, die Freundin an der Wahnsinnstat hindern, sie vermochte es nicht, gefangen in den Ketten ihres Schmerzes. Ja, sie würde der Geliebten in den Tod folgen, keinen Atemzug lang würde sie zögern. Wo sie nicht war, war kein Leben. Und über allem die zärtlich lockenden Taubenrufe, die sich im Gleichklang mit Anna in den blauen Äther der Unendlichkeit erhoben. Ja, sie würde ihr folgen in ein Reich, das alles Trennende vereint.

Ihr Gesicht war tränennass, ihre Hände zitterten, sie vermochte den Bogen kaum zu halten, kaum den flatternden Rhythmus des Flügelschlages unter den gemeinsamen Flug von Prudenzas Schalmei und Annas Stimme zu legen. Die Luft schien stillzustehen an diesem schimmernden Tag, an dem sich die

Hofgesellschaft matt und übernächtig auf Sesseln, Kissen, Teppichen und Decken hinter dem in der Mitte vor dem Bühnenpodest thronenden Kaiser gelagert hatte, um die Aufführung eines kriegerischen Oratoriums von Vivaldi über sich ergehen zu lassen, das auf allerhöchsten Befehl schon auf den Vormittag vorverlegt worden war, weil Karl von seinem letzten Tag in Triest nicht eine Minute ohne die Musik des Venezianers zu verbringen geruhte. Er hatte sich wegen der Hitze seines silberfadendurchwirkten weißen Atlasrockes entledigt, den Collalto, der auf einem Kissen neben ihm auf dem Rasen kauerte, in seinen Armen hielt wie eine Mater Dolorosa ihren vom Kreuz abgenommenen Sohn, und folgte weit vorgebeugt dem Geschehen des Oratoriums, das ihm zu Ehren als oberstem Kriegsherrn zur Verherrlichung des endgültigen Sieges über die Türken und des ruhmreichen Friedensschlusses von Passarowitz vor Jahren komponiert worden war, von dem er aber erst jetzt in dieser ihn tief bewegenden Aufführung Kenntnis erhielt. Er hatte schon die dritte Wiederholung jener Szene verlangt, in der die junge Israelitin Judith ihre treu ergebene Dienerin Abra bittet, sie ins feindliche Lager der Assyrer zu begleiten und ihr zur Seite zu stehen, wenn sie den sie begehrenden Feldherrn Holofernes nach einer Liebesnacht zu enthaupten gedachte, um ihr Volk zu befreien.

Vivaldi hatte das Zeichen zum dritten Mal gegeben, Prudenzas Schalmei verwob sich zum dritten

Mal mit der Stimme Annas zu jenem schwerelosen Gebinde, das für die Ewigkeit von Minuten den unabwendbaren Ablauf von Liebe, Verrat, Opfer und Mord aufzuhalten schien, er hoffte, der Zeit Einhalt gebieten zu können, in deren Folge Schönborn, den er auf der Treppe zum Palazzo Montenari den Notariatsakt an die Priorin übergeben sah, sich nicht auf seine reisefertige Kutsche neben dem Palast zubewegen würde, die Oberin sich nicht Pelegrina nähern würde, ihre weiße Hand sich nicht auf die Schulter der Geigerin legen würde, um sie zum Aufstehen zu nötigen, was diese auch, nach einem langen Blick der stummen Verzweiflung zu Anna, tat. Dann legte sie, während Anna, nur zu ihr gewandt, unter Tränen von Neuem ihr „Veni, veni, me sequere fida Abra amata" begann, während Prudenza nur für sie das Klagelied ihrer Schalmei erklingen ließ, unendlich behutsam ihr Instrument auf die Bühnenbretter und folgte dem Schatten der Kirchenfürstin zu dem sechsspännigen Reisewagen des Kaiserlichen Geheimen Rates, begleitet von zwei Wachen, die sich aus dem Dunkel des geschlossenen Zeltes gelöst und dem ungleichen schwarzen Frauenpaar angeschlossen hatten. Als er einen Lakaien den Wagenschlag für Pelegrina öffnen sah, ergriff Vivaldi seinen neben ihm liegenden Geigenkoffer, hetzte entlang des Zeltes auf das Gefährt zu und legte ihn, nach Luft schnappend, der neben Schönborn sitzenden Pelegrina in den Schoß.

„Nimm sie! Sie ist dein! La Rossa, meine Rote.

Nicola Amati – hat sie kurz vor seinem Tod – als letztes Meisterwerk vollendet, da war ich – gerade sechs Jahre alt. Für niemanden – wird sie so erklingen wie für dich und niemand wird sie so spielen wie du. Geliebte und begnadete Pelegrina dal Violin!"

Seine Fingerkuppen berührten die Stirn des leichenblassen Mädchens. „Es segne dich der allmächtige Gott, der Vater, der Sohn und der Heilige Geist, jetzt und immerdar und in Ewigkeit!" Dann klappte er das Trittbrett in die Höhe, warf den Schlag zu, ging langsam über den Rasen zurück zum Orchester, hob Pelegrinas Violine vom Bühnenboden auf und setzte sich an ihren Platz, um unter den erstaunten Blicken des Kaisers und seiner Gesellschaft die Aufführung seines Oratoriums „Juditha triumphans" weiterzuleiten, während der Kutscher Schönborns durch ein Zungenschnalzen die sechs Rappen in Bewegung setzte, sodass sich der Reisewagen des deutschen Grafen knirschend aus dem mit feinem Muschelsand bedeckten Schlosshof des Statthalters von Triest entfernte, argwöhnisch überwacht von der Priorin der Pietà, die das Gespann mit ihren Blicken verfolgte, bis es hinter dem römischen Stadttor, dem Arco di Ricardo, verschwunden war.

Golfo di Venetia

Die Luft war stickig. Es war zu heiß an diesem sich aus einer Vollmondnacht schälenden Morgen im Bauch der Galeere, als dass auch nur eines der Mädchen hätte schlafen können. Sie lagen wie Puppen in zweistöckigen Kojen, starrten auf die hohen Bretter der Kästen über sich, in denen wieder Puppen auf dünnen Strohsäcken lagen, die selbst gefertigte Stoffpuppen und Lumpentiere in den Armen hielten und auf Bretter starrten, auf denen wieder Mädchen wie Puppen lagen, die auf die langen pechverfugten Begrenzungsplanken jenes Zwischendecks starrten, das ihnen während der Fahrt von Triest nach Venedig als Schlafstätte zugewiesen worden war.

Kein Laut, nur die gedehnte, sich endlos wiederholende, ächzende Bewegung der Ruder, ehe sie ins Meer tauchten, um das Schiff durch die kaum bewegte Dünung zu treiben, manchmal ein leiser Pfiff und das Trippeln der unter dem Bettenlager dahinhuschenden Ratten. Anna wagte nicht, mit ihren nackten Füßen den Boden zu berühren, auf ihren Zehen schlich sie aus dem Raum, vorbei an den mit Netzen gesicherten Regalen der Instrumente, den gestapelten Korbtruhen ihrer Spielröcke und Mieder, bis sie die schmalen Trittbretter der Leiter fand, auf denen sie durch den niederen Schacht der ihr anzüglich nachzischelnden Ruderer das freie Oberdeck erreichte, sich nach einem sichernden Blick dem doppelstöckigen Kabinenaufbau über dem Heck des Schiffes zuwandte und über eine der breiten Holztreppen im mittleren der drei nebeneinanderliegenden Wohnräume verschwand.

Hinter der schräg zur Schauterrasse des Achterdecks hin auskragenden, bleigefassten Fensterwand, vor der ein in Paneelen befestigter, mit Schreibfedern, Stiften, einer Perücke, einer Weinkaraffe, einem Kristallglas und Notenpapier belegter Schreibtisch ausgeklappt war, überfärbte die heraufziehende Morgenröte das Grau der Nachtdämmerung, sodass die mahagoniholzgetäfelte Kabine und der in seinem langen weißen Seidenhemd und einem weiten weinroten Morgenmantel auf einem halb in der Wand eingelassenen Bett schlafende Komponist in ein nachtnelkenfarbenes Licht getaucht war. Lautlos ließ sich Anna in dem an den Tisch gerückten, mit schwarzem Rock, grauer Weste und schwarzer Hose überhängten Sessel nieder, um in den fast die ganze Tischplatte bedeckenden Noten zu lesen, aus deren zerbrechlichem, mit „Larghetto" überschriebenem Gitter sich eine Lautenmelodie befreite, die die ihr nachfolgenden Geigentöne so lockend zu umgaukeln schien, dass Anna schmerzerfüllt an Pelegrina denken musste.

Endlich erhob sie sich, löste die Schalen ihres Mieders, ließ ihren Rock zu Boden sinken, streifte ihr batistenes Unterkleid von den Schultern und stand nackt vor der aus dem Meer tauchenden Glutscheibe der Sonne. Sie schmiegte sich in ihrer Nacktheit an Vivaldi, dessen Mantel sie, sich zur Seite drehend, über sich zog, sodass dieser die Augen aufschlug und sie mit seinem rechten Arm umfing, die Form ihres Busens mit seiner flachen Hand wahrnahm und der Linie ihres Körpers folgte, der Flanke, der Taille, der Hüfte, dem Oberschenkel, dem Innenschenkel, bis er unendlich zart ihren Hügel der Venus umschloss, als wolle er ihn schützen, worauf Anna ihre Hand auf die seine legte und seinen Mittelfinger zwischen die Lippen ihres nunmehr bebenden Schoßes drückte und dort hielt, bis sie zuckend spürte, dass sie ineinandergewachsen waren und als ein Körper im goldenen Licht der aufgestiegenen Sonne zu verglühen schienen, während aus dem Innersten des Schiffes ein Mädchenchor zu ihnen emporstieg, der ihre Vereinigung in ein Netz aus Silberfäden zu fassen und als neu erschaffenes Sternbild gegen einen offenen Himmel zu heben schien.

„Herrscher der Welt und des sternfunkelnden Himmelsgewölbes,
höre unsere Gebete, nimm an unser Flehen,
das aus tiefster Seele zu dir dringt,
um deine unermessliche Gnade zu erbitten."

Das war Prudenza, dachte Anna, *das muss Prudenza gewesen sein, die die Mädchen dazu veranlasst hatte, mit dem Chor der Jungfrauen aus „Juditha" den neuen Tag zu begrüßen. Ob sie etwas ahnt? Ob sie von meinem Glück weiß? – Prudenza weiß alles, immer …*

„Mundi Rector de Caelo micanti
Audi preces, et suscipe vota
Quae de corde pro te dimicanti
Sunt pietatis in sinu devota."

„Das war Prudenza, Prudenza dal Salmoè, das hat sie für uns getan, sie schickt uns deinen Chor zur Feier unserer Liebe!", flüsterte Anna, strich durch das mit einigen grauen Strähnen durchzogene, noch immer kupfern aufleuchtende Haar des Komponisten, küsste seine Stirn, seine Augen, seine Lippen und legte sich neben ihn auf den Rücken.

„Jetzt gehe ich nie mehr zurück! Nie! Anna Organista, Anna dal Alto, Annina della Pietà, sie sind tot! Es lebe Anna Girò! Sie soll leben! Und singen! Und spielen! Deine Rollen! Auf der Bühne und im Leben! Ich will ein Mensch sein!"

Vivaldi schob seinen linken Arm unter ihren blond gelockten Kopf.

„Die Oper braucht keine Kastraten, keine geschlechtslosen Wesen, die die Kirche verstümmelt hat aus Angst vor dem Leben. Ich will eine Frau sein! Deine Frau! Ich bin deine Frau! Jetzt bin ich deine Frau!"

„Ja, jetzt bist du meine Frau! Aber du bist mehr, Anna, du bist ein Geschenk des Himmels! Ich könnte glauben, dass Gott mich liebt, weil du dich mir geschenkt hast, du, in der Blüte deines Lebens, mir, dem so viel Älteren! Anna, ein Menschenleben liegt zwischen uns, mehr als dreißig Jahre, Anna, und ich bin nicht gesund! Weißt du auch, was du getan hast, was du zu tun gedenkst?“

„Antonio, du bist ein Gott, du hast die ewige Jugend eines Gottes, ich weiß es, ich sehe es, ich fühle es. Ich habe keinen Vater mehr, keinen Bruder, keinen Freund, keinen Geliebten. Du bist mir alles! – Was ich zu tun gedenke? Ich werde deinen Ruhm durch ganz Europa tragen! Und in Ferrara fangen wir an. Marchese Bentivoglio hat uns eingeladen, eine Oper ganz nach deinen Vorstellungen aufzubauen, im Namen des Regenten von Ferrara, Kardinal Ruffo. Und die Triumphe von Ferrara zeigen wir in Venedig, in Mailand, in Verona, in Mantua, in Florenz, in Rom, in Prag und in Wien! Was brauchst du die Pietà? Die Pietà braucht dich! Die Pietà ist nichts ohne dich!“

„Anna, ohne die Orfanelle der Pietà …“, plötzlich ging ein Ruck durch das Schiff, der die Liebenden erneut aneinanderdrückte, und die gesetzten Segel blähten sich im aufgekommenen Ostwind. Vivaldi legte seine Lippen auf die des Mädchens, er küsste sie, als ob er neues Leben aus der Liebe trinken könnte. „Anna, ohne die Orfanelle der Pietà wäre ich nicht der, der ich geworden bin. Sie sind mir alles, so wie du mir alles bist. Sie sind der Garten meiner Fantasie, sie sind mein Arm, mein Kopf, meine Eingebung. Sie sind meine Musik!“

„Antonio, du bist die Pietà! Ohne dich wird die Pietà wieder das werden, was sie vor dir war, eine Zuchtanstalt für Mägde, Krankenpflegerinnen, Nonnen, Siedlerbräute, Huren und Musik machende Mätressen, die man unter dem Schutzmantel der allerheiligsten Mutter der Barmherzigkeit auf dem Sklavenmarkt der Spielerstadt Venedig verkauft an geile Potentaten, Fürsten, Grafen und Kardinäle."

„Du musst leiser sprechen, meine Annina! Hörst du? Das Achterdeck scheint sich zu füllen, wir nähern uns Venedig. Auf, mein Engel, lass mich dir beim Schnüren deines Mieders helfen, und wenn ich oben bin, kannst du im allgemeinen Freudenjubel über die glückliche Fahrt unserem Liebesnest entfliehen!"

„Dem Nest vielleicht, doch niemals unsrer Liebe!"

Als Vivaldi den Holzbalkon vor seiner Kabine betrat, sah er die Priorin, an den vordersten der drei Masten gelehnt, ihr Brevier beten. Wie eine Galionsfigur schien sie der Silhouette der schwimmenden Stadt entgegenzufliegen, ihre schwarzen Kleider flatterten im Wind.

Venedig

Riva del Carbòn

„Ein Fehler, Antonio! Es war ein Fehler!“

Heiser krächzend presste Giambattista Vivaldi jedes der Wörter fast tonlos aus sich heraus, während Luca mit einer radgroßen Keramikschüssel aus dem abgedunkelten Raum eilte, um sie des über ihren eierschalenfarbenen Boden schwappenden Blutes zu entleeren und die blutgetränkten Leinentücher mit kaltem Wasser auszuwaschen.

„Diese riesige Summe in ein Projekt an einem Ort zu stecken, den du nicht kennst, an dem du niemanden kennst und an dem dich niemand kennt!“

„Vater, ich bitte dich, hör auf davon, du sollst dich schonen!“

Vivaldi stand an einem der zwei auf den Gran Canal führenden Fenster seines Schlafzimmers und spreizte die flanellgefütterten auberginefarbenen Vorhänge ein wenig auseinander, um einen Strahl der nachmittäglichen Sonne auf seinen Vater fallen zu lassen, der seit dem Fest der Auferstehung des Herrn das Bett nicht mehr verlassen hatte.

„Vater, ich kenne Anna, Bernacchi und die anderen Sänger. Und Bentivoglio ist ein Freund! Du kennst ihn doch! Der Marchese Bentivoglio d'Aragona, der Priester werden wollte, und als sein älterer Bruder starb, die Verwaltung der Familiengüter übernommen hat! Er liebt meine Musik und kümmert sich um alles, bis ich komme."

„So fahr, fahr hin!"

„Ich bin bei dir!"

„Ich sterbe, Antonio, heute oder morgen!"

„So warte ich bis morgen."

„Antonio, ich kann zu deiner Schwester gehen!"

„Du kannst überhaupt nicht gehen! Und hier bei Luca hast du die beste Pflege!"

Vivaldi war an den in die algengrün stuckierte Wand eingelassenen schmalen Holztisch gegangen, um das in ein Kristallglas geschlagene Eigelb mit Rotwein zu verrühren und seinem Vater anzubieten, der es mit einer schwachen Bewegung seiner knochigen Linken zurückwies.

„Kennst du den Kardinal?"

„Nein, aber er ist ein großer Verehrer meiner Musik, sagt Bentivoglio. Wie jeder in Italien und Europa! Er war sogar vor Jahren bei Annas Debüt im Sant'Angelo. Hätte er mich sonst eingeladen und mir in allem freie Hand gelassen?"

„Antonio, er ist ein Mann der Kirche! Du bist ein Mann der Kirche! Ohne die Kirche wärst du nicht, was du bist! Ich hatte die Mittel nicht, um dein Talent zu fördern! Also gab ich dich der Kirche! Du gehörst der Kirche! Du lässt dich als Künstler feiern, aber du gehörst der Kirche! Und Anna gehört der Kirche! Ihr Vater hat sie der Kirche verkauft! Für immer und ewig! Sie aber läuft davon, singt als ‚La Girò' und wird deine Geliebte! Die Geliebte eines Priesters! Das Eigentum der Kirche treibt offen Unzucht mit dem Eigentum der Kirche! Und ein Fürst dieser Kirche lädt euch ein, an seinem Hof die Schmach, die ihr der Kirche zufügt, in aller Öffentlichkeit mit einer Karnevalsoper zu feiern? Er, der in Ferrara seinem Klerus bei Exkommunikation sowohl das Tragen von Masken als auch die Teilnahme an irgendeinem Karnevalsvergnügen verboten hat!"

Nach Luft schnappend bäumte sich Giambattista Vivaldi auf und schrie: „Antonio, hat dich die Liebe blind gemacht?" Ein Hustenanfall schien seine ausgemergelte Brust zu zerreißen. „Und taub?"

„Vater!"

Vivaldi stützte seinen Vater und hielt ihm eines der Kissen vor, um das Blut aufzufangen, das mit jedem der bellenden Hustenstöße aus seinem Mund quoll.

„Luca! Luca!"

Vivaldis Diener stürzt in den Raum, in der ausgewaschenen Schüssel liegen Stapel von Leintüchern, die er dem Komponisten zuwirft.

„Lauf! Lauf! Hol den Arzt! Schnell!"

Nach Atem ringend sinkt Giambattista in seine Kissen zurück, die sein Sohn mit Chaiselonguepolstern unterstützt, um seinen Oberkörper in einer aufrechten Stellung zu halten. Dann wischt er ihm das

Blut aus dem eingefallenen Gesicht, tupft es von den Öffnungen der geierschnabelgekrümmten Nase, von den unrasierten Höhlungen der Wangen, vom vorgereckten Kinn, aus den echsenhaften Falten des Halses, von der rasselnden Brust.

„Brich ab, Antonio! – Hol – dir – dein Geld zurück und geh – nach Wien! Deine Zeit – hier – in Venedig – ist – um. Nimm – Anna – mit, in Gottes Namen – und geh, geh nach Wien!“

„Das kann ich nicht! Die Verträge sind gültig und zum Teil schon ausbezahlt …“

Ein lang gezogener gellender Schrei reißt den Körper des alten Mannes in die Kissen, Antonio wirft sich an seine Brust, um ihn aufzuziehen, die losen Arme des Greises baumeln über den Rücken des Sohnes, seine aufstoßenden Zuckungen werden heftiger, sodass Vivaldi seinen Vater nur mit allergrößter Mühe halten kann.

„Dann – rette, was noch zu retten ist!“

Plötzlich fühlt Vivaldi seinen Rücken mit einer heißen Flüssigkeit übergossen, einer heftigen Eruption folgt eine zweite Welle, einer schwächeren die dritte.

Blut!, denkt Vivaldi, *Das Blut meines Vaters!*, und führt den leblosen Körper behutsam zurück auf sein schneeweißes Lager und bleibt in der Umarmung.

Ferrara

I

… denn es ist an dem, dass Du die Reise antreten musst, um zu retten, was noch zu retten ist! Die Proben gehen stets in einem Gelächter unter, dessen Urheber Bernacchi ist, der fortwährend bei mir (sic!) Klage führt über das Ungleichgewicht unserer Partien; Primo uomo und Prima donna sind absolut gleichberechtigt, kräht er mit seiner schrillen Kastratenstimme.

Geliebter Antonio, ich schreibe Dir, weil die Probe nun schon den vierten Tag hintereinander aufgehoben worden ist, heute von Impresario Bollani, der alles zum Stillstand gebracht hat: keine Probe mehr! Er führt Beschwerde bei seiner Eminenz ob der von Dir eingebrachten geringen Mittel, mittels derer er die Oper nicht produzieren kann. Das Orchester murrt, aber das Material ist schlecht, ich habe mich selbst davon überzeugt, teuflisch schlecht kopiert, es ist nicht möglich, daraus zu spielen, und nur weil der Fagottist Alberto Grezzelli in der gestrigen Nacht Deine Noten für alle Instrumente neu abgeschrieben hat, konnten wir heute morgen ein Mal meine Arie machen: Grezzelli, Du erinnerst dich vielleicht an ihn, der alte Fagottist; er sagt, er habe die Arie oft gespielt, auch unter Dir, in der Stagione 23 am Sant'Angelo, aber da sei sie noch in „L'Olimpiade" gewesen.

Antonio, die Arie ist wundervoll, unvergleichlich! Siam navi all'onde algenti: lasciate in abbandono: Ja, wir sind wie verlorene, aufgegebene Schiffe, ein Spiel der unbarmherzigen Wellen! Antonio, Geliebter, lass uns nicht allein, lass Deine Oper nicht allein, ohne Dich werden wir untergehen! Wir verlieren so viel Zeit, weil es keine Proben mehr gibt. Und auch der Marchese Bentivoglio, er ist doch Dein Freund!, scheint nichts zu unternehmen! Und das Geld! Es ist doch nicht wahr, was Bollani behauptet!

Es ist gegen Mittag und ich schreibe Dir in aller Eile in meiner Garderobe im Teatro Bonacossi, damit ich meinen Brief noch der Mittagspost anvertrauen kann: Oh, meine Kostüme schauen mich so traurig an: Ich weiß: tutta la vita è un mar: Aber dann sei Du der Steuermann, der uns aus diesem Sturm, der das Meer des Lebens aufpeitscht, errettet! Wir vermögen es nicht, ich vermag es nicht!

Deine Dich ewig liebende Nina

Oh komm, mein Geliebter, wir ertrinken, und mit uns all Dein Geld!

Vivaldi hatte den Brief unzählige Male gelesen, ihm war, als hätte er ihn während der zweitägigen Eilreise nie aus der Hand gelassen, auch nachts in der verwanzten Osteria neben der Poststation auf halbem Weg von Venedig nach Ferrara nicht, er kannte ihn längst auswendig, und dennoch hielt er die Laterne mit der fast niedergebrannten Flamme neben jene Worte, denen er nicht glauben wollte.

Sie waren die Nacht durchgefahren, ein gefährliches Unternehmen auf unbefestigten, durch den seit Tagen andauernden Novemberregen aufgeweichten Straßen, das ihn den doppelten Preis gekostet hatte. Alle zwei Stunden hatte der Kutscher die Kerzen in den hinterspiegelten Ampeln auf den Nackenristen der Saumpferde des Viererzuges erneuern müssen, um die kaum erkennbaren Wegsteine hinter dem Regenschleier überhaupt ausmachen zu können. Jetzt galoppierten sie über die lange Steinbrücke des Wassergrabens auf das Tor des heiligen Johannes des Täufers zu, den einzigen der drei Stadteinlässe, an dem vielleicht die Nachtsperre aufgehoben werden würde, wie ihm sein hellbärtiger Kutscher, ein verwegener Fuhrunternehmer vom Festland, versichert hatte. Die tänzelnden Schecken dampften im unvermindert niederprasselnden Regen, als sich nach einer Ewigkeit, wie es dem Komponisten schien, eine verhüllte Wache auf das Gespann zubewegte und sie mit „Seid ihr toll?“ anschrie. „Das Tor öffnet in drei Stunden! Packt euch!“

„Bist du toll?“, gab der Kutscher ebenso laut zurück, „Du weißt nicht, wen ich führe! Das ist der weltberühmte Komponist Signor Maestro Antonio Vivaldi aus Venedig, der auf Wunsch eures Kardinals dieser Stadt eine große Oper geschenkt hat, die er nunmehr zu produzieren gedenkt!“

Vivaldi ließ sein Fenster herunter, um seine Reisepapiere vorzuweisen, deren Zeilenverlauf der Wachsoldat mit einem Finger folgte, ihn musterte, die Dokumente unter seinen Mantel steckte und mit „Wartet! Aber nur, weil Ihr es seid!“ in einer Seitenpforte des Torturmes verschwand.

„Typischer Ferrareser!“

„Was sagst du?“

„Ferrareser Bauer!“

Er stieg vom Bock und begab sich an eine der zwischen den Hinterrädern aufgeschnallten, lederüberzogenen Koffertruhen, der er vier wachsgetränkte Schabracken entnahm, um sie seinen erhitzten Pferden überzuhängen, währenddessen sich ein Offizier in der Türöffnung zeigte, der seinen Mantel zuband, einen breitkrempigen Hut überstülpte und sich der Kutsche näherte.

„Ihr seid Don Antonio Vivaldi aus Venedig, wie da geschrieben steht?“

„Ja!“

„Dann ist Euch die Einreise verwehrt!“

„Wie?“

„Wir haben strengste Anweisung, alle Passanten von und nach Ferrara zu überprüfen und alle Veneziainer ausfindig zu machen. Sollte sich ein Signor Don Antonio Vivaldi darunter befinden, so ist diesem die Einreise unter allen Umständen zu verweigern! Allerhöchster Befehl von unserem Herrn und Erzbischof, seiner Eminenz Kardinal Tommaso Ruffo!“

„Das ist nicht wahr!“

„Ist wahr! Und von ihm selbst unterschrieben!“ Er hielt Vivaldi ein gesiegeltes Dokument vor, ohne es aus der Hand zu geben.

„Ich rate Euch in aller gebotenen Dringlichkeit, dorthin zurückzukehren, wo Ihr hergekommen seid, Signor Don Antonio Vivaldi, oder besser noch, vor der Heimreise die nächste Poststation aufzusuchen, um die Pferde zu wechseln, damit Ihr keine Zeit verliert, denn mit dem Kardinal ist nicht zu spaßen! Und jetzt packt Euch!“

Er warf Vivaldis Papiere in die Fahrkabine, verschwand ohne Gruß in der Torstube, vor der die Wache grinsend Aufstellung nahm und mit dem Zeigefinger auf das andere Ende der Brücke deutete.

„Zur Poststation, Eccellenza?“

Vivaldi starrte ihn an, dann nickte er, worauf der Kutscher mit „Ja, ja, mit den geistlichen Herren ist nie zu spaßen!“ an die Spitze seines Zuges ging, die Trensen der nervös aufsteigenden Saumpferde ergriff und sich anschickte, sein Gespann unter beschwichtigenden Lauten den langen, blank gewaschenen Weg zurückzumanövrieren.

Ferrara

II

Beim Anblick des roten Tieres, dessen rhythmische Bewegungen vom flackernden Schein des portalgroßen, von antiken Gigantenkariatyden eingefassten Kamins vergrößert und als gefährliche Schatten gegen die im Halbdunkel golden aufglühenden Draperien des riesigen Bettes geworfen wurden, wollte sich Bentivoglio sofort und unbemerkt zurückziehen, was der auf allen vieren verharrende Bernacchi mit „Ah, der Marchese, und heute zu fast nachtschlafender Zeit! Und schon wieder als Postino – ‚d'amore' wollen wir doch hoffen" verhinderte, obwohl er von Ruffo, der hinter ihm kniete, mit langsamen Stößen begattet wurde.

Bentivoglio hielt noch immer die hohe silbergeschmiedete Türklinke umfasst und versuchte mit seiner linken Hand einen Brief unter seinem bleigrauen Moirérock verschwinden zu lassen.

„Eminenz verzeihen, aber Eure Dienerschaft …"

„Das Personal haben wir zum Beten geschickt, nicht wahr, Eminenz!", krähte Bernacchi.

„Mit Euerer Erlaubnis werde ich später …"

„Mit welcher venezianischen Einlage gedenkt

unser geschätzter Marchese heute unser Lever zu zerstreuen?", überging der Kardinal Bentivoglio mit ruhiger Stimme und unterbrach seine stoßende Bewegung.

„Verzeihung, Eminenz, aber sollte ich nicht besser …"

„Durchaus nicht, Guido! Jetzt, da Sie schon einmal da sind! – Was mich aufrichtig freut, Guido!"

Er ließ von Bernacchi ab, was dieser mit einem gekränkten Ausdruck des Bedauerns zur Kenntnis zu nehmen schien und sich beleidigt auf die Landschaft aus perlenfarbenen Decken und Kissen warf.

„Vivaldi schreibt, dass …"

„Lesen! Sie lesen seine Briefe so gut, Guido. Ich bin immer fast zu Tränen gerührt." Ruffo lehnte sich an das gepolsterte Kopfende seines Prunklagers und breitete seinen rubinfarbenen Kaschmirmorgenmantel wie einen Fächer um sich. „Und unseren enttäuschten Primo Uomo darf ich bitten, die Vorhänge ein wenig zu öffnen, um eine makellose Deklamation überhaupt erst zu ermöglichen."

„Das ist kein Brief mehr, Eminenz, das ist eine Beichte, ein verzweifeltes Flehen um Gnade."

„Desto besser! Also lesen Sie, Guido, lesen Sie schon!"

„Bitte, Marchese, auch ich kann die Ergüsse des Herrn Compositore kaum erwarten!"

„Schäme dich, Antonio, das war fast geschmacklos! Auch wenn du mit unserem weltberühmten Meister den Namen teilst, hätte ich doch etwas mehr Delikatesse von dir erwartet! – Wir hören!“

Bernacchi strich kichernd in seinem knielangen rosenfarbenen Seidenhemd entlang der dem Lager gegenüberliegenden Fenstergalerie und schob dabei jeweils einen der nachtblauen Brokatvorhänge zur Seite, sodass der ballsaalgroße Raum vom kalten Licht dieses Wintertages in helle und dunkle Zonen zerschnitten wurde.

Exzellenz, begann Bentivoglio leise, *nach so vielen Quertreibereien und so vielen Mühen sehe ich nun meine Oper in Ferrara zugrunde gerichtet. Vor allem aber, weil mir Seine Eminenz noch immer die Einreise verweigert, weil ich Priester bin, ohne die Messe zu lesen, und weil ich eine Freundschaft mit der Sängerin Girò habe. Nach einem so schweren Schlag können sich Euer Eminenz meinen Zustand vorstellen. Auf meinen Schultern lasten die Verträge über 6000 Dukaten, die für diese Oper unterzeichnet und ausgelegt wurden. Die Oper aber ohne die Girò zu machen, ist nicht möglich, weil ich keine ähnliche Primadonna finden kann.*

„Fünfzehn solcher Sirenen kann ich ihm nennen!“, rief Bernacchi und sprang auf die das königliche Bett vom übrigen Saal trennende, weißgoldgefasste Holzbalustrade.

Ich bin an die Verträge gebunden, woraus sich ein Meer von Unglück ergibt. Was mich am meisten betrübt, ist die Tatsache, dass Seine Eminenz Ruffo diesem armen Mädchen einen Makel gibt, den die Welt ihr nie gegeben hat.

„Da kenn ich aber andere Geschichten. Die große Kunst von ‚La Girò' soll ja in ihrer Zunge liegen, die angeblich in unübertrefflicher Weise selbst trockenste Muscheln wieder zum Klingen bringen kann", wandte der Kastrat ein, während er mit purpurrot lackierten Zehennägeln zum Amüsement des Kardinals tänzelnd über die Balustrade balancierte.

Seit vierzehn Jahren sind wir zusammen in viele Städte Europas gereist und überall wurde ihr Anstand bewundert.

„Ja, ja, die Damenwelt steht bei ihr an!"

Alle acht Tage beichtet und kommuniziert sie, wie man von beeideten und glaubwürdigen Zeugen erfahren kann.

„Nur noch alle acht Tage? In der Pietà war das doch tägliches Pflichtprogramm!"

„Antonio, man spricht nicht von Dingen, von denen man nichts versteht!", rügte der Kardinal seinen sich von Zeit zu Zeit in antike Posen werfenden Liebhaber.

Es sind nun fast zwanzig Jahre, dass ich keine Messe lese, und ich werde es auch nicht mehr tun, nicht aus Verbot oder Befehl, wie Sie Seine Eminenz informieren können, sondern aus freien Stücken, und dies wegen einer Krankheit, an der ich von Geburt an leide, die mich sehr bedrückt. Kaum zum Priester geweiht, habe ich noch etwas mehr als ein Jahr Messe gelesen und es dann aufgegeben, weil ich dreimal wegen meines Übels vom Altar gehen musste, ohne die Messe zu beenden. Deshalb verbringe ich mein Leben fast immer zu Hause und verlasse es nur in der Gondel oder im Wagen, weil ich wegen meiner Brustkrankheit, die man auch Atembeklemmung nennt, nicht gehen kann.

„Aber Geige spielen, in der Weltgeschichte herumreisen und Opernhäuser leiten, das kann er. Na ja, Letzteres schon weniger!“ Er hüpfte zu dem in einer Lichtschneise aufgetauchten Cembalo und begann, scheinbar wahllos, einige der Elfenbeintasten zu drücken.

Dies ist der Grund, warum ich nicht Messe lese, und man weiß, dass sogar Seine Heiligkeit mich spielen hören wollte und wie viele Gunstbezeigungen ich empfangen habe. Ich bin auch nach Wien eingeladen worden, aber alles, was ich an Gutem leisten kann, mache ich zu Hause am Schreibtisch.

Deshalb habe ich auch die Ehre, mit neun Fürstlichkeiten im Briefwechsel zu stehen, und meine Briefe gehen durch ganz Europa.

Die wie ein Kinderlied hingetupften Cembalotöne Bernacchis fügten sich mehr und mehr zu einer gläsern zerbrechlichen Melodie, die den lesenden Bentivoglio zunehmend zu verunsichern schien.

Dies sind Wahrheiten, in fast ganz Europa bekannt. Ich wende mich also an das Wohlwollen Eurer Exzellenz, damit Sie die Güte haben, auch Seine Eminenz Ruffo aufzuklären, in dem dieser Befehl mein völliges Verderben ist. Ich sage es Eurer Exzellenz noch einmal, dass ohne mich die Oper in Ferrara nicht aufgeführt werden kann, und dies aus vielen Gründen. Wenn ich sie jetzt nicht mache, muss ich mich entweder in eine andere Gegend begeben, welche ich jetzt nicht finde, oder die ganzen Verträge auszahlen, sodass ich, wenn sich Seine Eminenz nicht rühren lässt, Eure Exzellenz bitten würde, wenigstens durch Seine Eminenz vom Impresario Bollani die Verschiebung der Oper zu erreichen, damit ich davon loskomme, die Verträge ganz auszuzahlen.

„Und was sagen nun Eure Exzellenz dazu?", schwärmte Bernacchi, immer die gleiche kleine, doppeltönige Melodie anschlagend.

„Das ist ein Concerto von ihm, für Mandoline", erwiderte Bentivoglio kaum hörbar.

„Und das er Euch doch gewidmet hat!", gab Bernacchi umso lauter zurück. „Ja, ja, wie man weiß, bleibt in der Welt der Musik nichts verborgen!"

„Ja, ich spiele die Mandoline gelegentlich selbst."

„Und das ganz ausgezeichnet, Marchese Bentivoglio d'Aragona", lobte Ruffo. „Sie spielten manchmal für mich in Rom, als Sie noch Theologie studierten, erinnern Sie sich, Guido?"

Bentivoglio schwieg.

„Und Sie wären ein so wunderbarer Priester geworden! Erzengelschön!"

Indigniert brach Bernacchi sein Spiel ab und schlüpfte trotzig neben den Kardinal ins Bett zurück, wandte sich aber scheinbar eifersüchtig von ihm ab, während sich seine rechte Hand unter den Morgenmantel des Kirchenfürsten schob.

„Lesen Sie bitte für mich weiter, Guido?"

Das Geschehen begreifend beendete Bentivoglio stockend vor Scham das Schreiben des Komponisten.

Seit dreißig Jahren bin ich Maestro an der Pietà und ohne Ärgernis. Ich empfehle mich dem vollendetsten Schutz Euer Exzellenz und bleibe untertänig Eurer Exzellenz ehrerbietigster, ergebenster, untertänigster Diener

Antonio Vivaldi

„Rattata, rattata, rattata, rattata!", äffte der Sänger die Schlussfloskeln des Briefes nach. „Von wegen! Wie eine Beichte hört sich das aber nicht an. In der Beichte muss man doch alle seine furchtbaren Sünden haarklein erzählen, nicht wahr, Eminenz?"

„Was, wenn ich mir noch erlauben darf zu fragen, Eminenz, was gedenkt Ihr zu tun?", stammelte der Marchese.

„Nichts, als dass ich meinen Trompetern noch die Anweisung erteilen lasse, seine Noten so durch das Gitter seiner Partitur zu jagen, dass sie nach diesem Sturm aussehen wie gerupfte Zaunkönige. – Antonio, in dir schlummert ein verborgener Magier! Wahrlich, unter deiner Zauberhand erwacht die göttliche Schöpferkraft zu neuem Leben! – Guido, Sie kennen mich doch! Ich werde diesen hochmütigen roten Dämon vernichten, und sollte es mich meinen Kardinalshut kosten! – Die Oper findet, wie festgesetzt, ohne Vivaldi statt. Ein einziges Mal! Und aller Voraussicht nach nicht einmal das. Am Tag des heiligen Stephanus, des ersten Märtyrers unseres Glaubens! Der seiner räudigen Seele gnädig sei!“

„Amen!“, psalmodierte Bernacchi, während Bentivoglio nach einer tiefen Verbeugung das Schlafgemach des Kardinals verließ und durch die steinkalten Gänge des erzbischöflichen Palastes ins Freie hetzte, verfolgt von Furien und Gespenstern, die in seinem Inneren wüteten wie die Schreie der Girò, deren Zeuge er geworden war, als sie in der letzten ihrer Proben das Toben ihres gedemütigten Komponisten verzweifelt in eine Welt hinausschrie, die sich höhnisch von ihr abwandte, weil ihr Untergang längst besiegelt war.

„Gemo in un punto e fremo:
fosco mi sembra il giorno:
ho cento larve intorno;
ho mille furie in sen.“

Venedig

Ospedale della Pietà

Die Priorin stand am ersten der fünf Fenster ihres Kontors und beobachtete die aus dem Gegenlicht tauchende Gondel Vivaldis, während ein dunkelhäutiges Mädchen einen mit orientalischen Szenen versehenen Cembalokorpus in der Mitte des Refektoriumstisches platzierte, den mit der Flucht der Heiligen Familie nach Ägypten bemalten Deckel aufklappte und das Instrument zirpend zu stimmen begann. Mit Genugtuung nahm sie wahr, dass es auch dem nunmehr sechzigjährigen Komponisten nicht leicht fiel, ohne die Hilfe seines Dieners die Riva zu betreten, sie selbst hatte bisweilen Schwierigkeiten, in das schwankende Gefährt zu gelangen, was ihr aber im Bewusstsein ihrer fünfundsiebzig Lebensjahre angemessen schien.

„Barbara, das A ist zu hoch und das G ist zu tief, hörst du das nicht?"

„Doch, Ehrwürdige Mutter, ich höre es", antwortete das Mädchen mit den rehbraun gekräuselten Haaren und setzte die Stimmschraube erneut an.

„Und beeile dich, der Maestro steigt schon aus der Gondel!"

„Ja, Ehrwürdige Mutter!"

Der Maestro!, dachte die Priorin. Sie kannte ihn, den sie ebenso sehr hasste wie bewunderte, seit mehr als dreißig Jahren. *Warum hat er das getan? Warum war er den Verlockungen des Fleisches erlegen, er, ein Priester der Heiligen Kirche, der vor dem Altar das Gelübde der Keuschheit abgelegt hat? Warum hat er sich dieses eine Mädchen ausersehen? Seit wann wusste er, dass sie seine Geliebte werden würde? Von Anfang an? War er dieser Teufel, der sie in die Pietà eingeschleust hat und sie aus ihrer Familie kaufen ließ, um sie sich zur Geliebten heranzubilden? Einer Familie, die längst wieder um sie ist, die sie begleitet, auf ihren Reisen an die Opernhäuser Europas! Seine Rückkehr aus Mantua war an diese Bedingung geknüpft, an diese eine Bedingung! Und jetzt, da er sie uns gestohlen hat, ist er alt geworden und schleicht in seinem geckigen rostroten Gewand mit einer Mappe unter dem Arm und einer Hand auf der Brust über die Riva degli Schiavoni, gefolgt von seinem notenschleppenden Diener, um uns vor seiner sicher endgültigen Abreise aus Venedig noch Musik anzudrehen, ein ruinierter Komponist, dessen Stern verblasst ist! Sic transit gloria mundi!*

„Du stellst dich hinaus und erwartest den Maestro am oberen Ende des Treppenaufgangs!", wies die Oberin das Mädchen an und verließ das von taglilienfarbenem Mailicht überflutete Kontor. „Du erwartest ihn, Barbara, aber du eilst ihm nicht zu Hilfe, schließlich hat er seinen Diener bei sich, dem jedoch der Eintritt in dieses Zimmer verwehrt ist!"

„Ja, Ehrwürdige Mutter!“

Vivaldi zog sich an dem in die weißgekalkte Wand eingelassenen Geländerwulst aus istrischem Marmor Stufe für Stufe der breiten Sandsteintreppe empor.

„Ich grüße dich an diesem schönen Morgen, Barbara! – Du bist doch Barbara dal Clavcin? Ich kann dich in all dem Licht, das um dich ist, nur schwer erkennen!“

„Gelobt sei Jesus Christus, Maestro! Ja, ich bin Barbara!“, antwortete das in der Sonnenschneise der offen stehenden Flügeltüre verwurzelte Mädchen.

„Kannst du die Mutter Oberin verständigen, dass ich da bin?“

„Die Mutter Oberin weiß, dass Ihr gekommen seid, Maestro!“

Als Vivaldi das Kontor erreicht hatte, wählte er den Sessel am unteren Ende des Tisches, um Atem zu schöpfen, woraufhin Barbara die Flügel der dunkel gebeizten Eichenholztüre schloss und ans Cembalo trat, ohne den Blick zu heben.

„Du hast große Fortschritte gemacht, Barbara, du spielst das Cembalo wie eine Virtuosin, und auch an der Orgel bist du eine große Stütze für den Chor …“

„Ja, das ist sie, Maestro, und wir bedauern es keine Minute, dass wir sie aufgenommen haben, trotz ihrer heidnischen Herkunft, deren Wurzeln wohl im fernen Afrika liegen mögen. Gelobt sei Jesus Christus!“

„In Ewigkeit, Amen“, erwiderte Vivaldi sich erhebend den Gruß der lautlos erschienenen Priorin, die ihm unter dem riesenhaften Gekreuzigten an der Stirnseite des langen Tisches gegenüberstand. Er schlug seine Mappe auf.

„Concerti zum Ruhme der Pietà, Ehrwürdige Mutter.“

Die Priorin ließ sich auf der vorderen Kante ihres hochlehnigen Lederstuhls nieder und legte ihre von Altersflecken gesprenkelten weißen Hände übereinander auf die bernsteinfarbene Tischplatte, während Vivaldi einzelne Blätter darbot.

„Für zwei Violinen, für Violine Solo …“

„Das Übliche?“

„Neue Concerti, Ehrwürdige Mutter.“

Er hielt die mit den Anfangstakten der angesprochenen Werke versehenen Seiten in Richtung des Mädchens, das sie sich blitzschnell holte und auf den Deckel ihres geschlossenen Cembalos legte.

„Neu? Einen halben Dukaten!“

„Einen Dukaten geruhte die Pietà schon immer pro Concerto zu veranschlagen, Ehrwürdige Mutter!“

Barbara begann, die zusammengefassten Konzertsätze zu spielen, und sofort war der Raum erfüllt vom überwältigenden Glanz, vom empfindsamen Zauber der Musik des Venezianers, deren Wirkung sich auch die Priorin für Minuten nicht zu entziehen vermochte, bis sie sich mit „Schwer zu praktizieren, ohne Pelegrina! – Was weiter, Don Antonio?“ aus deren Schlingen zu befreien suchte.

„Für Oboe, für Flöte, für Flöte und Fagott, für

Flautino, für Viola d'amore, für Violoncello …" Wie Spielkarten breitete der Komponist seine Notenblätter auf dem Tisch aus, über den sich das Mädchen gelegt hatte, um sie an sich zu ziehen.

„Ausverkauf, Don Antonio?"

„Für eine längere Zeit vermutlich, Ehrwürdige Mutter! Ich gedenke Venedig zu verlassen."

„So ganz ohne Beistand?"

„Mademoiselle Girò wird mich begleiten."

Barbara ließ ein Blatt fallen, um sich unter den Tisch ducken zu können.

„Mademoiselle Girò! Anna Girò! – Wie viele Konzerte ist Anna Organista oder Annina della Pietà dem großen Maestro wert, Don Antonio?"

Die Blicke der Kontrahenten tauchten fünf Herzschläge lang ineinander, dann setzte Vivaldi fort: „Da ist noch eine Vesper auf den Heiligen Geist für Chor und Orgel, eine Sequenz auf das allerheiligste Sakrament des Altares, eine Motette auf die Mutter aller Schmerzen, eine ‚Lauda Jerusalem' …" Er schob die Blätter in Richtung des noch immer abgetauchten Mädchens. „Eine Ostervigil für Soli und Continuo, ein Magnificat für Solo, Chor und großes Orchester, ein Hymnus auf die Heimsuchung Mariae zum Patrozinium des Ospedale della Pietà, ein ‚Nisi Dominus' – du kannst wieder herauskommen, Barbara, das wird dir gefallen, besonders das ‚Cum dederit'!"

Er ging zum Cembalo und gab selbst den wiegenden Rhythmus für die traumverlorene Prophezeiung

Gottes aus dem einhundertsechsundzwanzigsten Psalm vor.

„Und jetzt sing, Barbara, cum dederit dilectis …“, und das dunkelhäutige Mädchen wurde zur morgenländischen Prophetin, der sich in Trance das Heilsversprechen Jahves an sein auserwähltes Volk offenbarte, das sie in die orientalischen Melismen ihrer Stimme wickelte und in eine Krippe aus fernen Geigenklängen legte, „sehet, das Erbe Gottes ist die Frucht eines Leibes …“

„Es ist genug! Und führe uns nicht in Versuchung, beten wir. Ihr, Don Antonio, habt uns die längste Zeit in Versuchung geführt! – Ich werde Euch einen angemessenen Betrag an der Pforte aushändigen lassen, gegen Eure Empfangsbestätigung.“

Vivaldi öffnete die Türe, ließ sich von seinem Diener die Notenpakete reichen, legte sie auf den Tisch, wo sie von der Oberin mit einer langen Nadel, die sie unter ihrem weißen Haarband hervorgezogen hatte, aufgeschlitzt wurden, die Concerti, die Sequenzen, die Hymnen, die Motetten, die Psalmen.

„Sagt mir noch, wie bemisst ein Priester der Heiligen Kirche den Raub des Eigentums der Heiligen Kirche, den er selbst begangen hat, Don Antonio Vivaldi?“

Wortlos nahm Vivaldi seine Mappe, deutete eine Verbeugung an und verließ, so schnell er konnte, den Saal, eilig verfolgt von Barbara, die ein übersehenes Notenpaket an sich gebracht hatte, das sie ihm auf halber Treppe unter den Rock schob, seine Hand ergriff, küsste und zurück in das Kontor hastete, in dem die Priorin, zu ihrer Erleichterung, am Fenster stand und den Abtransport von sechs Dutzend Mädchen nach Übersee überwachte, die zu je zwei Dutzend in drei Barken von der Riva degli Schiavoni zu der vor der Punta della Dogana ankernden Karavelle verfrachtet wurden.

Eidexberg

Steiermark, Juni 1741

„Antonio, das da unten ist eine Hochzeit!", erklärte Anna heiter und schloss die niedere Fichtenholztüre der aus rohen Balken gezimmerten Kammer, in der sie auf ihrer Fahrt von Graz nach Wien für eine Nacht Quartier bezogen hatten, weil die Ställe gut seien, das Wasser und das Essen und die Luft auf dieser Anhöhe würden seiner Exzellenz, dem Herrn Compositore, bestimmt zuträglich sein, hatte ihr Kutscher versprochen.

„Eine Hochzeit? Es klingt eher wie eine Kriegsmusik!", beschrieb Vivaldi die einfache, über dem vorwärtstreibenden Rhythmus einer harten Trommel dahintanzende, frühharmonische Melodie zweier schriller Flöten, die sich wie die Pfeifen einer Landsknechtsmusik ständig wiederholend umeinander schraubten. „Aber über dieser Musik ist mein Concerto für zwei Violoncelli nicht möglich."

Er schob das eng beschriebene Notenblatt zur Seite, griff nach dem fünffüßigen Zeilenrechen und begann, leere Seiten mit den Bahnen zu überziehen, in die er seine Komposition einzutragen gedachte, während Lachen und Händeklatschen zu ihnen heraufdrangen, was Anna veranlasste, sich neben dem mit Tulpen, Lilien und einem auf einem Kreuz schlafenden Christuskind bemalten, ihnen nebeneinander kaum Platz bietenden Bett auf die ausgewaschenen Dielen zu legen, eine Klappe, durch die ihre Kammer gewärmt werden konnte, zur Seite zu schieben und von oben in die Wirtsstube zu sehen, in der jetzt auf zwei Geigen, einer auf den Tisch gelegten, saitenbespannten, flachen Kiste und einer Bassgambe ein tastend zarter Tanz eröffnet wurde, in dem sich die Hände der langsam umeinander kreisenden Paare über deren Köpfen ineinanderschlangen und unendlich anmutig, wie es Anna schien, nicht mehr voneinander lassen wollten.

„So etwas habe ich noch nie gehört, gesehen! Schau, schau hinunter! Komm!", flüsterte sie und ließ Vivaldi durch die Öffnung auf die bunt gekleideten, schwebenden Menschenkreisel sehen.

„Das möchte ich auch machen!", hauchte sie und lächelte ihn an.

„Das kannst du doch sofort, wenn du willst! Versuch es doch! Hier!", gab Vivaldi leise zurück und ließ sich neben ihr auf dem Boden nieder, und sie waren zwei Puppen zwischen geschnitzten Stühlen vor einer blaurot gesprenkelten Truhe, fremd gekleidete Androiden, die in eine niedrige hölzerne Dachkammer gesetzt und vergessen worden waren.

„Nein, so meine ich das nicht. Ich meine, gar nicht anders können, als das so, genau so zu machen wie die!"

Sie schauten wieder hinunter.

„So leben wie die, immer wissen, wo man hingehört."

„Du gehörst jetzt zu mir, Anna, das weißt du doch."

„Gott sei Dank!", schloss sie unvermittelt an.

„Ja. Seitdem du da bist, glaube ich fast, dass es ihn gibt, und vielleicht liebt er mich sogar ein wenig. Weil du mich liebst."

„Ja!"

„Ja, weil du diese taumelnde, atemlose Musikmaschine liebst, liebt sie vielleicht auch Gott, dieser ferne, große, unheimliche Gott. Wenn es ihn gibt, dann hat er in deiner Seele meine Musik gehört und fühlt vielleicht Mitleid mit diesem Spielmann, der, von Todesangst besessen, gegen den Tod anspielt. Ich habe Angst, Anna, ich hatte immer Angst! Hörst du das nicht? Diese rasende Angst, auf der meine Musik tanzt wie Venedig auf seinen verrottenden Pfählen? Und diese namenlose Sehnsucht, die auf den Fundamenten des Basso das Nichts überspannt wie unsere Brücken die Kanäle? Hast du das nie gehört in meiner Musik? – Anna? Anna!"

Sie legte zwei Finger auf seinen Mund und deutete nach unten, wo eine schmerzlich sehnsuchtsvolle Weise aus zwei Geigen und einer zarten Blockflöte aufblühte und sich von Harmonie zu Harmonie hinaus in die Nacht tastete.

„Spiel! Spiel mit!“, bat Anna und reichte ihm seine auf dem blau-weiß karierten Bettzeug liegende Geige.

„Spiel für mich! Hier! Jetzt! Das! Bitte!“, und Vivaldi flocht seine Töne in die liebeskranke Melodie, bis sie alleine als Ruf und Echo des Erklungenen die Stube mit der Kammer verbanden, durch die strohverstopften Ritzen des Bauernhauses eine mondbeschienene Wiese überhauchten und mit dem Duft von frisch gemähtem Heu gegen die nieder stehenden Sterne stiegen.

Dann war es still und die Hochzeitsgesellschaft starrte nach oben zu der Öffnung, in der Annas Gesicht erschienen war wie das Antlitz eines Engels.

„Suonate, per favore! Gente, per favore, suonate!“, aber sie verstanden nicht; worauf Anna ihren Geliebten mit hektischen Bewegungen ihrer rechten Hand aufforderte, weiterzuspielen, ohne ihren Kopf aus der Luke zu ziehen, und Vivaldi entfaltete mit zweistimmigen Lockrufen das im Rhythmus des Herzschlags zitternde Netz für Annas Gesang.

„Ihr milden, zärtlichen Lüfte“, flehte ihre Stimme in den Raum und eines der nach oben starrenden Bauernmädchen antwortete, „Ihr glucksenden, schmeichelnden Wasser“, ohne je Worte oder Melodie gehört zu haben, ebenso ein zweites, „Ihr lieblichen, heiligen Blätter“. Sie umflochten einander zu dreien, „Ihr alle, die ihr murmelt und flüstert“, und flogen gemeinsam auf in die Sphären reiner Klänge, entschlüsselten einander den geheimnisvollen Kosmos aller

Harmonien, „Seid Echo meiner Sehnsucht“, mühelos, schwerelos, „Seid Echo meines Glücks!“, Zauberinnen und Verzauberte des Wunders Musik, „Oh du mein Herz!“, Seelenstimmen in der Unendlichkeit zwischen fernen Gebirgen und fernen Ebenen, von ewig atmenden Wellen getragen wie das kleine, leuchtende Bauernhaus auf einer freien Anhöhe über waldigen Hügeln in einer Sommernacht des Jahres Siebzehnhunderteinundvierzig.

Wien

Juni 1741

In Wiener Neustadt hatten sie auf den vierspännigen Eilwagen der kaiserlich-königlichen Post gewechselt, vor Tagesanbruch waren sie aufgebrochen.

Unter günstigen Umständen, und nur unter diesen, also wenn das Wetter keine Kapriolen machte und es für die Pferde nicht zu heiß oder zu kalt oder zu nass sei, also dass sie ihr Tempo halten könnten, wäre es manches Mal, aber eher selten, mit nur einem Wechsel möglich, Wien vor dem Zapfenstreich, also vor der Nachtsperre, zu erreichen, meinte der nachtblau uniformierte Postkutscher, wo nicht, müssten die Herrschaften halt mit einem Gasthof auf der Wieden vorliebnehmen, bis die Tore wieder öffneten.

Nach dem Pferdewechsel in Pfaffstätten wurden sie von einem solch verheerenden Unwetter überrascht, dass sie umkehren mussten, um die Pferde vor einem anhaltend niederprasselnden Hagel zu schützen, und der Sturm peitschte die Regenfluten bis in die Morgendämmerung des nächsten Tages gegen die kleinen Fenster der rauchgeschwängerten Wirtsstube, in der sie Unterschlupf gefunden hatten, ohne sich in eine der drei Dachkammern zurückziehen zu können, weil jedes der vorhandenen Betten schon mit zwei Personen belegt war. Für Antonio Vivaldi war die Nacht in den Schwaden aus Kaminrauch und Tabaksqualm so lebensbedrohlich, dass er im Stall Zuflucht suchen musste, um nicht zu ersticken.

Dennoch hatten sie das Glück, vor den anderen die Herberge verlassen zu können, weil sie für die Eilpost bezahlt hatten und diese als Erste die Fahrt wieder aufnahm, allerdings hatten eine Nonne und ein Priester darum gebeten, bei Teilung des Fahrpreises zusteigen zu dürfen, sodass sie sich zu viert und schweigend in der Kutsche befanden, die sich am frühen Nachmittag der Haupt- und Residenzstadt durch das teilweise überflutete Überschwemmungsgebiet des Wienflusses näherte.

Als sie das ausgeuferte Gewässer über eine steinerne Brücke querten, bemerkte Vivaldi, dass die Säule eines Bildwerkes des heiligen Koloman schwarz umwickelt war, und als sie nach einer weiten Schleife direkt auf die Stadtmauern zuhielten, fiel ihm auf, dass auch die sechseckigen Wachhäuser vor dem Tor schwarz beflaggt waren, ja, dass auf jedem Ecktürmchen der Bastei eine schwarze Fahne wehte.

In lateinischer Sprache wandte er sich an den ihm gegenüber seit Stunden sein Brevier betenden Priester, einen hageren jungen Mann, der darum bemüht war, keine wie immer gearteten Schlüsse auf seine Beziehung zu der in handbreitem Abstand neben ihm sitzenden, ebenso jungen Nonne zuzulassen, deren sich kaum bewegende Lippen einen Rosenkranz begleiteten, der seit Fahrtbeginn durch ihre feingliedrigen Finger glitt.

„Was – was bedeutet das?“

Der Priester sah auf. „Quod?“

„Ubique vexillis nigris sunt.“

Die Augen des Priesters weiteten sich. „Nihil scitis? Imperator mortuus est!“

Vivaldi war es, als durchstäche die Haarnadel der Priorin sein Herz.

„Mortuus est“, wiederholte der Priester.

„Seit – wann – ist – der Kaiser – tot?“, stammelte Vivaldi in deutscher Sprache.

„Seit dem letzten Herbst. Der Herr sei seiner Seele gnädig, und uns, die wir leben. – Es ist Krieg!“

Mit einem Ruck hielt die Kutsche. Zu beiden Seiten zeigten sich Soldaten, auch sie mit schwarzen Bändern an den Schulterspangen, und verlangten die Pässe, auf die sie nach einer eingehenden Befragung ungewöhnlich schnell die Passierscheine ausfolgten.

Als der Postwagen die kleine Steigung zur Kärntner Bastion genommen, das Tor passiert hatte und über die den Sicherheitsstreifen zwischen äußerem und innerem Portal überspannende Plankenbrücke gerollt war, wagte Vivaldi, nach den Theatern der Stadt zu fragen, im Besonderen nach dem Theater nächst dem Kärntner Tor, dessentwegen sie nach Wien gereist wären, um die Aufführung einer Oper vorzubereiten.

„Keinerlei Lustbarkeit, kein Karneval, keine Maskeraden, keine musikalischen Zerstreuungen in den Gasthäusern, kein Tanzvergnügen, auch zu keiner Hochzeit nicht, keine Theater, keine Komödien und keine Opern im Trauerjahr für die Durchlauchtigste Majestät, den in Christo heimgegangenen Kaiser Carolus den VI., so hat es seine Tochter, die junge Regentin Maria Theresia, bei Strafe in toto für die Haupt- und Residenzstadt Wien verfügt! – Requiem aeternam dona eum, Domine: et lux perpetua luceat eum!"

„Ja", flüsterte Vivaldi, „der Herr schenke ihm die ewige Ruhe, und das ewige Licht möge ihm leuchten."

Hinter der inneren Stadtmauer hielt der Kutscher mit dem Ruf „Endstation!" seine Pferde an, sprang vom Bock, öffnete den Schlag, klappte die Trittbretter herab und reichte Anna die Hand, um ihr das Aussteigen zu erleichtern.

„Das Quartier der Herrschaften aus Venedig ist das sattlerische Haus ‚Zum fliegenden Rößel'! Soll ich um Träger rufen?"

„Ich bitte darum!", antwortete Vivaldi und kletterte aus der Kabine, während sich, von den Rufen des Kutschers angelockt, eine Gruppe von Männern näherte.

„Drei von euch sind genug! Die andern warten! Es kommen noch Fuhren die Menge! Und ihr mit dem Bagagi da zur Wallerin!"

Auf seine unwirsche Aufforderung hin „Glotzts

nicht, tragts! Zur Sattlerwitwe, zur Wallerin, zum fliegenden Rößel! Habts ihr noch nie Venezianer g'sehn? Wird's! Die Herrschaften werden zahlen!" nahmen drei der Männer die lederüberzogenen Korbtruhen auf und bewegten sich über den Platz.

„Das Haus der Sattlerwitwe, wo Sie wohnen werden, ist gleich das erste da an der Ecke zur Linken, neben dem Commedi-Haus."

Vivaldi steckte ihm eine Münze zu. „Und jetzt gehabt Euch wohl, Exzellenz, es war mir ein Vergnügen!"

Mit „Meine schöne Dame" ergriff er Annas Hand und küsste sie. „Bella Venezia!"

„Bella Venezia!", antworteten der Priester und die Nonne wie aus einem Mund und entfernten sich in Richtung des Gotteshauses der Augustiner, indessen der Kutscher sein Gespann über den „Kärntner Straße" benannten Weg in den Schatten des Doms traben ließ, dessen Turm wie ein urzeitlicher Stalagmit einem rosenfarbenen Abendhimmel entgegenpfeilerte.

„Anna, der Kaiser ist tot, und Österreich ist im Krieg!", wiederholte der Komponist fast tonlos. „Annina, hörst du?"

„Ich habe es verstanden!", schrie Anna auf. „Dann kannst du ja jetzt endlich seine Kette versetzen!"

Graz

Juli 1741

Pelegrina hatte siebenunddreißig Tagesreisen hinter sich gebracht, als ihre zweispännige Kutsche an diesem Juliabend des Jahres Siebzehnhunderteinundvierzig endlich das Eiserne Tor der Stadt Graz passieren durfte und auf den Tummelplatz zurollte, vierundvierzig Pferdewechsel lagen hinter ihr, seit sie Schloss Wiesentheid in jener Märznacht fluchtartig verlassen hatte, neununddreißig Kutscher hatten sie durch die halben deutschen Lande zu fast jedem Theater in Böhmen, Bayern, Tirol und Salzburg gefahren, in dem ihr ein Auftritt von Anna Girò möglich erschien, aber außer in Prag, München und Innsbruck hatte sie keine Hinweise für ein Gastspiel der Freundin finden können, und sollte sich auch in Graz keine Spur finden lassen, wollte sie aufgeben und die beschwerliche Reise über die Alpen nach Venedig antreten, um in die Pietà zurückzukehren. Bei ihrer Fertigkeit konnte sie sicher sein, als Maestra di Violino wieder aufgenommen zu werden, obgleich es ihr für immer versagt wäre, ihre Kunst öffentlich zu präsentieren. Sie hatte Beispiele für die Rückkehr solcher Orfanelle, ihre eigene Geigenmaestra war eine aus erzbischöflichen Diensten Verstoßene, die den Weg zurück gefunden hatte und in Gnaden wieder aufgenommen worden war; und sie würde ihren geliebten und verehrten Don Antonio wiedersehen und als Lehrerin seine Concerti mit den jungen Orfanelle praktizieren.

Don Antonio, Antonio Vivaldi, wo ist er? Immer noch an der Pietà? – Ja, sicher, denn wo und mit wem sollte er sonst all seine Erfindungen erproben, für wen seine Messen, seine Oratorien schreiben? War er noch Impresario? Am Sant'Angelo, am Grisostomo? In Rom vielleicht, weil der Papst ihn so sehr schätzt, oder in Florenz, in Mailand? – Und Nina? In Rom, in Prag, in Paris? Werde ich dich wiedersehen, Nina? Nina! – Bei einer Stagione in Venedig, wenn du eine Sonntagsmesse in der Pietà besuchst, in der Baùta, damit sie dich nicht erkennen können, dich, den entwichenen Vogel? Ich würde dich erkennen, durch das Gitter meines Oratoriums, ich würde unter deinem schwarzen Schleier deinen Körper erkennen, deine Hände, die Haltung deines Kopfes! Oh Nina! Glaube mir, es ist möglich, seine große Liebe niemals zu vergessen, auch wenn man einem Mann angehören muss, dem man gehört, weil er einen gekauft hat! Und du? Wem gehörst du an? Wem hast du dich verbunden, Nina? Mit wem teilst du deine Nächte, deine Tage? – Aber würdest du mich erkennen, verborgen hinter den Gittern der Musiknester über dem Altar? An meinem Ton vielleicht? Würdest du mich an meinem Geigenton erkennen? An meinem Bogenstrich? – Weißt du noch, wie du mich in der Pietà gefunden hast, weil du dem Silberklang der Viola d'amore nachgegangen bist? Der Viola d'amore ..."

„Hooo!", hörte sie den Kutscher rufen, der seine Pferde auf einem Platz neben der Stadtmauer anhielt. Sie schob die schmale Glasscheibe zur Seite.

„Ja, das sieht aus wie ein Theater!"

„Das ist ein Theater, ein Theater, in dem Opern gespielt werden!"

„Welche?"

„Italienische, meine Dame, nur italienische! Hier in Graz spielen wir nur italienische Opern! Es gibt ja nur italienische Opern! Oder kennt Ihr eine deutsche Oper?"

Pelegrina war aus der Kabine gesprungen und auf das doppelstöckige Haus zugelaufen, an dessen hohen Fenstern sie Foyers zu erkennen glaubte.

„Aber heute nicht, Ihr seht ja, es ist finster. Soll ich Euch nicht zur ‚Traube' fahren, Ihr müsst müde sein, meine Dame, müde müsst Ihr sein nach dieser Fahrt! Und ich bin es auch!"

„Gleich!", gab Pelegrina zurück, weil sie vor einem flachen Holzkasten stand, in den ein Plakat mit der Aufschrift „La verità in cimento" geheftet war.

„Die Wahrheit in Bedrängnis", las sie, *Oper von Antonio Vivaldi, gegeben am Mittwoch, den 31ten Mai, Donnerstag, den 1ten Juni, Freitag, den 2ten Juni, Samstag, den 3ten Juni, Sonntag, den 4ten Juni ... Der Anfang ist um 7 Uhr ... Eintritt ... – mit ... Madame Girò ...*

Sie taumelte einen Schritt zurück und rannte um das Haus, worauf ihr der Kutscher „Meine Dame, meine Dame, zur ‚Traube' geht es dorthin! Ich bekomme noch meinen Lohn, meine Dame!" nachrief, als sie atemlos gegen eine kleine Seitentüre pochte, hinter der sie ein schwaches Licht gesehen hatte.

„Madama, Madame, meine Dame! Mein Lohn, mein Lohn!"

Wie besinnungslos hämmerte Pelegrina gegen das grün gestrichene, schmale Türblatt, bis sie eine aufgestörte Stimme ungehalten mit „Na, na, na, naa! Es wird ja doch nicht brennen!" unterbrach. Mit fliegendem Atem erwartete sie schlurfende Schritte, das Schnarren eines Schlüssels, das Öffnen der Türe, hinter der ein kleiner, alter und, wie sie bei seinem Anblick dachte, arlecchinoartiger Mann sichtbar wurde, den sie mit „Ist hier eine Oper von Vivaldi gespielt worden?" überfiel.

„Nicht eine, ‚La verità in cimento', diese, und nur diese!", wies sie der blankgesichtige Greis zurecht.

„Und Antonio Vivaldi war hier?"

„Wenn das der rote Mann mit den grauen Haaren gewesen ist, der so wild seine Geige traktiert, dann war er da."

„Und die Primadonna, die gesungen hat, hieß Anna Girò?"

Der kleine drahtige Mann veränderte seine Haltung, warf sich in Pose und gab stolz „Ja! ‚La Girò' war da, ja!" zurück.

„Und am vierten Juni war die letzte Vorstellung?“

„Die letzte Vorstellung war am fünften! Das war nämlich eine Zusatzvorstellung auf geteilten Benefiz“, erklärte der Hausmeister herablassend, „vor – wartet – heute haben wir einen Freitag, das war an einem Montag, ein ganz ungewöhnlicher Tag für eine Opernaufführung, meine Dame!“

„Wann sind sie fort?“

„Wer?“, fragte der grau gelockte Mann, indem er seine rechte Hand in Hüfthöhe hob.

„Antonio Vivaldi! – Und La Girò!“

Die kleinfingrige Hand beschrieb eine offene Schleife, die Pelegrina verstand.

„Gleich!“, beschwichtigte sie, „Ich habe jetzt nichts bei mir!“, und zeigte auf die vor dem Theater wartende Kutsche.

„Oh! La Girò!“, schwärmte der Alte und tänzelte vor das Plakat, „La Girò verließ uns, leider, an einem Dienstag vor nunmehr fast schon zwei Monden!“

„Wohin? Wohin sind sie gefahren?“

„Wohin man eben fahrt von Graz – nach Italien oder nach Wien“, antwortete er lakonisch.

„Also, wohin?“, schrie sie.

Wieder öffnete sich seine Hand.

„Nach Wien“, Pelegrina lief zur Kutsche, „weil Italien, das kennen die Herrschaften ja schon!“

„Nach Wien!“, rief sie dem Kutscher zu und riss den Schlag auf.

„Nach Wien!“, stellte dieser ungläubig fest.

„Nach Wien!“ Sie warf dem in seiner Pose vor dem Plakat verharrenden Hausmeister ein silbernes Geldstück zu, das sich dieser aus der Luft zu fischen schien, in seiner rechten Hand wog und staunend betrachtete.

„Jetzt?“, wandte der rotgesichtige Mann auf dem Kutschbock ein.

„Nach Wien! Jetzt! Ich zahle dir die doppelte Fahrt!“ Sie riss die Tür in ihr Schloss.

„Dann schau’n wir halt einmal, wie weit wir heut’ noch kommen.“

Er tippte zum Gruß an seinen Filzdreispitz und ließ seine Braunen anziehen, während der Hausmeister das Silberstück wie ein Jongleur von seiner rechten über seinen Kopf in seine linke Hand warf und der wegrollenden Kutsche bewundernd „La Girò!“ nachrief.

Wien

27. Juli 1741

Atemlos hetzte Vivaldi hinter dem davoneilenden Hofbeamten durch die endlosen Fluchten der Wiener Hofburg her, versuchte, sich mit seiner Mappe einen Weg durch unzählige schwarz gekleidete Menschengruppen zu bahnen, die wie Schmeißfliegen unerträglich summend durch die Räume surrten. Mehr als einen Monat hatte er darauf verwendet, um überhaupt bis zu diesem Stockwerk vorzudringen, das ihm die kleine Möglichkeit einzuschließen schien, der jungen Regentin wenigstens durch einen Zufall begegnen zu können. Eines der menschenvollen Zimmer lag schon zwischen ihm und dem Beamten, er fürchtete, ihn in dem schwarzen Gewimmel zu verlieren, also rief er, fast mit letzter Kraft, „Mein Herr, ich bitte Sie, warten Sie auf mich!“, und lehnte sich in eine der weißgoldenen, meterdicken Portalöffnungen, um nach Luft zu schnappen, nein, um ausatmen zu können, denn er schnappte viel zu sehr nach Luft, in immer kürzeren Abständen, sodass seine Lunge zu zerreißen drohte, aber er brachte die eingeatmete Luft nicht mehr aus sich heraus, er hatte keinen Atem mehr, er konnte nicht mehr atmen! „Mein Herr! Ich bitte!"

Der Beamte stellte sich auf die Zehen, erblickte ihn, tänzelte um eine den Hilferuf indigniert zur Kenntnis nehmende rabenschwarze Schranzengruppe und baute sich vor ihm auf. „Unmöglich, mein Herr, ich wiederhole es zum letzten Male", fauchte er mit halblauter Stimme, „unsere Durchlauchtigste Erzherzogin Maria Theresia empfängt niemanden, heute nicht und nicht in absehbarer Zukunft! Sie hat Wichtigeres zu tun!"

„Aber ich habe eine Hochzeitsmusik für sie geschrieben. Sie wird wissen, wer ich bin!"

„Da müsste die Königin von Ungarn und Böhmen schon einen sehr großen Kopf haben, wenn sie sich die Namen all derer merkte, die einmal eine Musik für sie geschrieben haben." Er wandte sich ab, aber Vivaldi konnte seine schwarzseidene Armstulpe erwischen.

„Aber ihr Vater, der Kaiser, hat mich persönlich nach Wien eingeladen und mir die Stelle eines Hofkomponisten angeboten!"

„Die verblichene Majestät geruhte zu allen Zeiten Musicisti und anderes Gelichter um sich zu scharen", bemerkte der Beamte süffisant, indem er seinen Arm mittels einer weit ausholenden Geste Vivaldis Griff entzog. „Aber damit ist es jetzt vorbei, wir befinden uns im Krieg, der Preußenkönig ist mit seinen Truppen in Schlesien eingefallen und die Erbfolge wird unserer Durchlauchtigsten Regentin auch bestritten, das bedeutet nichts Gutes, mein Herr, für uns alle nicht! Deshalb entschuldigen der Herr mich jetzt bitte endgültig, der Kriegsminister erwartet mich!", und er verschwand in der Menge.

„Aber ich bin Antonio Vivaldi!", schrie der Komponist.

Totenstille, als ob die Nachricht vom Tod des Kaisers seinen Hof erst jetzt erreicht hätte. Die Blicke aller durchbohrten den schmalen schwarz gekleideten Mann, der da auf der Schwelle eines Türstocks inmitten einer unabsehbaren, goldstrotzenden Zimmerflucht der imperialen Hofburg Wiens rasselnd um Atem rang.

Vom entferntesten Ende, von dort, wo die letzte der stockwerkhohen, perlweiß gefassten Doppeltüren geschlossen war, eilte jetzt ein junger Mann durch das erstaunt vor ihm zurückweichende Heer von Höflingen auf den Komponisten zu.

„Maestro! Maestro Vivaldi! Ist das eine Freude, Sie hier zu sehen! Erkennen Sie mich wieder? Ich bin Thomas Vinciguerra Collalto, der den Kaiser vor Jahren nach Triest begleiten durfte."

Er stellte sich zu Vivaldi auf die Türschwelle, hob dessen Hand und rief, ihn wie bei einem Applausritual präsentierend: „Das ist Maestro Antonio Vivaldi aus Venedig! Antonio Vivaldi, der weltberühmte Komponist und Virtuose!" Aber das Schweigen des höfischen Publikums, in dem nur die auf den Parkettboden klackenden Absätze des zurückeilenden Beamten zu hören waren, dauerte an.

„Warum haben Sie den Maestro denn nicht vorgelassen, Baron von Stetten?“

„Weil Ihre Kaiserliche Hoheit Spektakel aller Art verboten hat“, erhob der Hofbeamte strafend seine Stimme, „Graf von Collalto! – Und jetzt entschuldigen die Herren mich bitte, der Kriegsminister erwartet mich!“

Wie von einer Zauberhand berührt kam wieder Bewegung in die erstarrten schwarzen Totenvögel, sie staksten wirr durcheinander, ohne aneinander anzustreifen, und das aufgeregte Summen ihrer Stimmen schwoll zu einem heiseren Gekrächz an, sodass Collalto Vivaldi in eine Fensternische rettete, von der aus der Blick des Komponisten über die Basteien hinweg wellenartig auf die von grünen Inseln durchzogenen Vorstädte zurollende Hügel auszumachen vermeinte.

„Was für ein Glück, dass Sie noch, oder wieder, hier sind, Maestro!“, bedrängte der Graf den sichtlich erschöpften Musiker. „Ich habe Sie schon suchen lassen wie eine Stecknadel im Heuhaufen, nachdem sie meinem Sekretär und Archivar vor vier Wochen diese herrlichen Sachen überlassen haben, zu einem viel zu geringen Preis übrigens, mein Bester! Ich habe ihn ordentlich gescholten darob, den guten Auernheimer, den ich sofort, nachdem mir zu Ohren gekommen war, dass Sie hier bei Hof vorgesprochen haben, auf Ihre Fährte setzte, und er hat Sie dann ja auch gefunden, durch Zufall, wie er mir vermeldete, unter dem

Engelssturz von Sankt Michael die Messe hörend. – Aber viel zu wenig bezahlt hat er für diese Kostbarkeiten von Ihrer Hand, Maestro, viel zu wenig! Aber Sie wissen ja, wie Archivare sind, handeln wie die Türken! Wir werden diesen bedauerlichen Fauxpas selbstverständlich korrigieren! – Und dann hat es dieser Unglücksrabe auch noch verabsäumt, Sie nach Ihrem Quartier zu fragen, und seitdem suche ich Sie wie die Eiderdaune im Gänsepolster und habe schon alle Hoffnung aufgegeben, Sie jemals wiederzusehen, und deshalb, welches Glück für mich, Maestro!"

„Zu freundlich, Graf Collalto!", bedankte sich Vivaldi und ließ sich auf dem von weiß lackiertem Holz umschlossenen Parapet der Fensterdickung nieder.

„Aber sagen Sie mir bitte, was um alles in der Welt führt Sie nach Wien, da doch Seine Majestät, unser göttlicher Kaiser Karl, Ihr wahrer Freund und Gönner, so plötzlich von uns gegangen ist? – Es war, man stelle sich das vor, eine Pilzvergiftung der Grund für sein Hinscheiden! Eine Pilzvergiftung anlässlich eines jagdlichen Mahles nach einer Hirschhatz in den Auen seiner geliebten Favorita, den altehrwürdigen Mauern des Schlosses Neugebäude! Und ich war nicht dabei! Vielleicht wäre mir vergönnt gewesen … Sie verzeihen, Verehrtester, aber der schmerzliche Gegenstand reißt mich dahin!"

Der Graf führte ein schwarzes Seidentuch an seine mit weißem Puder umrandeten Augen.

„Wir sind auf der Durchreise nach Prag“, nützte Vivaldi die Pause der gräflichen Rührung, „Graf Sporck will meinen ‚Farnace‘ auf seinem Sommersitz Kukus in Szene gehen lassen.“

„Farnace! Alte Zeiten! Und wer ist wir, wenn ich fragen darf?“

„Mademoiselle Girò. Der Graf wünscht, sie wieder als Tamiri zu erleben.“

„La Girò ist auch in Wien! Zu dumm, dass unsere Theater geschlossen sind, das Trauerjahr, Sie wissen! – Ihre Juditha damals in Triest! Ergreifend, wahrhaft ergreifend! Wie lange ist das jetzt her? Zwölf Jahre, dreizehn? – Und ich sehe sie vor mir, als ob es gestern gewesen wäre! Auch unser geliebter Kaiser war hingerissen von ihr, wollte sie sofort in Wien haben! Ja, ja, ihr war ein Zauber eigen, dem sich niemand entziehen konnte, ich am allerwenigsten! Sie verzeihen, Verehrtester! Konnte! Was rede ich denn, kann, kann!, dessen bin ich sicher, verehrter Maestro! – Aber wo haben Sie denn nun Logis bezogen, wenn ich das fragen darf?“

„Im fliegenden Rößel, das ist das Haus des Sattlers, zunächst dem Kärntner Tor, es ist ja nur für kurz.“

„Dort dürfen Sie nicht bleiben, sie müssen meine Gäste sein, sie müssen! – Ich habe da, ganz nah von Wien, ein – kleines, ja, ein kleines Lustschloss, Lustschlösschen, an der stillen March gelegen, ‚Baumgarten‘ ist sein Name, aber … Das ist für Sie gemacht!“, begeisterte sich Collalto, „Maestro, das wird durch Sie erst zu dem, was es zu werden bestimmt ist! Sie werden sehen, Sie werden sehen! – Doch nicht ohne Noten!“ Er lachte kurz auf, drohte verschmitzt mit dem beringten Zeigefinger seiner schwarz behandschuhten Rechten und steckte sein Trauertuch in die Brusttasche seines schwarz schillernden Rockes.

„Sie werden Augen machen, Maestro! Ich werde Sie und selbstverständlich auch Mademoiselle Girò um die Mittagsstunde vierspännig von der Sattlerwitwe abholen! Der Ort ist mir hinlänglich bekannt, dem weiland guten Meister Augustin Waller verdanke ich so manches schöne Stück an Zeug und Sitzen!“

„Graf Collalto, könnten wir nicht morgen …“, wandte Vivaldi leise ein.

„Morgen, morgen, was ist morgen! Morgen können wir alle tot sein!“, überging Collalto lachend Vivaldis Einwand.

„Nein, heute, heute ist das Leben! Jetzt!“ Und kindlich trotzend setzte er hinzu: „Sie dürfen mich nicht enttäuschen, Sie können mich nicht enttäuschen, Sie werden mich nicht enttäuschen, teuerster Maestro! – Aber vergessen Sie die Noten nicht!“, und verschwand im Wespennest des echauffiert trauernden Hofstaats.

Wien

27. Juli 1741

„Aber hier müssen in den letzten Wochen ein Signor Don Antonio Vivaldi und eine Signora Anna Girò aus Venedig ihre Passierscheine erhalten haben!"

Pelegrina legte bereits die dritte Münze in die offene Hand des Wachoffiziers.

„Haben sie! Ich erinner mich genau an diese Namen, weil es selten vorkommt, dass sich eine so junge schöne Frau an so alten hässlichen Vogel halt, ohne dass sie eine Hur wär." Er ließ das Geldstück in seiner Rocktasche verschwinden.

„Wo haben sie Quartier, wisst Ihr das auch?"

„Das weiß ich auch!" Die Münzen klimperten.

„Da, nehmt, das macht einen volleren Klang!"

Er betrachtete ungläubig die zwei neuen Silberstücke und sah sie prüfend an.

„Da hat Sie recht! Das schöne Frauenzimmer scheint sich auf die Musik zu verstehen!"

„Da hat nun Er wieder recht, das Frauenzimmer versteht sich auf die Musik." Sie hielt erneut ein Geldstück in die Höhe. „Also?"

„Sie logieren bei der Sattlerwitwe, gleich hinterm Tor, neben dem Theater!"

„Danke!“ Sie warf ihm die Münze zu und setzte schnell „Welches Theater?“ nach.

„Na, das Kärntnertortheater! Das schöne Frauenzimmer befindet sich nämlich vor dem Kärntner Tor der Wiener Stadt!“

„Danke!“ Pelegrina klopfte gegen die Wand ihrer Kabine, um ihren Kutscher zur Weiterfahrt zu bewegen. Der schnalzte mit der Zunge, die Pferde zogen an, da hörte sie den Offizier „Sind aber nicht zugegen!“ rufen.

Der Wagen hielt, Pelegrina öffnete den Schlag, sprang heraus, lief auf den Soldaten zu, hob seine dreiknöpfige Uniformpatte und ließ zwei weitere Münzen in seinem Taschensack verschwinden wie milde Gaben in einem Opferstock.

„Der Graf Collalto hat heute Mittag“, begann er anzüglich, „durch dieses Tor die beiden Vögel, das Meiserl und den Raben, mit auf sein Schloss g'führt“, er packte Pelegrinas Handgelenk, „vielleicht weil er sie dort in die Volier' einsperrn möcht.“

„Wie heißt das Schloss?“ Sie versuchte, sich ihm zu entwinden.

„Baumgarten, schönes Frauenzimmer! – Das ist so ein Ort, wo ich mit Ihr jetzt sein möcht!“ Der Griff wurde fester.

„Wo liegt der Ort, wo Er – mit mir – jetzt sein möcht?“

„Gleich da draußen, an der schönen March, wo auch die Schlösser vom verewigten Prinzen Eugenius steh'n, die Schlösser seiner Lustbarkeit!" Er zwang sie wie in einem Tanz um sich. „Beim Prater muss Sie die Donau quer'n und dann geht's immer querfeldein, zur schönen March!"

„Baumgarten!", schrie Pelegrina nach dem Kutscher, „Wenden, Er hört es doch!"

Plötzlich riss der Kutscher sein Gespann herum und gab ihm so unvermittelt die Peitsche, dass seine angaloppierenden Pferde das drehende Paar überrannt hätten, wäre der Soldat nicht, seine Beute wegstoßend, zur Seite gesprungen, worauf Pelegrina blitzschnell den ausgestreckten Arm ihres Retters umklammerte, der sie auf den Kutschbock zog und in rasender Fahrt auf die steinerne Brücke des Wienflusses zuhielt.

Schloss Baumgarten

27. Juli 1741

Anna glaubte, ihren Augen misstrauen zu müssen, als Collalto die mit Leinenbahnen verhängten Flügeltüren der Sala Terrena öffnen ließ.

Sie konnte nicht begreifen, dass vor ihren Blicken das Traumbild der Stadt Venedig auffunkelte in abertausend hinterspiegelten Lichtern, Kerzen, Ampeln, die so aus allen Zweigen, allem Geäst strahlten, dass die aus Bäumen gebildeten Paläste, Häuser, Kirchen von innen her zu leuchten schienen, Luftgebilde, Traumgebäude, Phantasmagorien, ihren Verstand übersteigend, ihr Empfinden verwundend mit der Unbarmherzigkeit vollkommener Schönheit.

Quälend langsam musste sie den sich an sie klammernden Vivaldi auf die Terrasse führen, deren wenige flache Stufen im Hafenbecken von San Marco endeten. Pfähle waren da und Gondeln, die auf Passagiere warteten. Sie vermeinte, auf den Fundamenten der Insel von San Giorgio Maggiore zu stehen, eine Rasenpiazzetta linker Hand, ein Pappelcampanile auf der Piazza, Uhrturm aus geschnittenen Buchen, die Giganten aus Buchs so wie die Säulen des Markuslöwen und des Drachentöters, und der Palast des

Dogen schien aus Diamanten, gefasst vom meergrün schimmernden Gesprenge aus dem Gespinst millionenfacher Buchenzweige, und hinter den gläsernen Kuppeln von San Marco stand der Mond wie eine blutbefleckte Türkensichel.

Jetzt löste Collalto die schwarze Seidenbinde von den Augen des im Uhrtakt nach Atem schnappenden Komponisten und Vivaldi sah seine Stadt, ein sternfunkelndes Traumgebilde in der nach ihm greifenden Weltnacht.

„Komm, Anna!“, stieß er hervor und ließ sich von seiner Geliebten zu einer Gondel führen, unendlich langsam, Schritt für Schritt die Stufen niedersteigend.

„Sie müssen nämlich wissen, Maestro, wir stammen aus Venedig, und als Baumgarten während der Türkenkriege an unseren Zweig der Familie gefallen ist, hat mein Großvater damit begonnen, aus Heimweh sozusagen. Er hat die March umgeleitet, diesen See angelegt, das Hafenbecken von San Marco sozusagen, und die Kanäle in die Felder ziehen lassen. Er war es auch, der die großen Buchen aus dem Wienerwald hierher hat kommen lassen, er hat auch die Buchsbäume gesetzt. Dann wurden sie geschnitten, kultiviert, getrimmt, und so wurde unser Baumgarten von Jahr zu Jahr mehr zu dem, was er jetzt ist, zum Weichbild von Venedig. Mein Vater bildete es fort und ich habe es vollendet. Im Geiste Ihrer Musik, sozusagen.“

„Pietà! Zur Pietà!“, wies Vivaldi den Gondoliere

an, während ihn Anna in die schwarzen Polster sinken ließ.

„Wo soll i' hinfahr'n?“, fragte der junge Bursche, als er die Gondel von den rotgoldenen Pfählen stieß.

„Du bringst uns einfach behutsam hinüber, ans andere Ufer!“, sagte Anna.

„Sehr wohl, behutsam!“, antwortete der als Gondoliere verkleidete blonde Bauernbursche aus dem Marchfeld.

„Wir haben das gute Cembalo vergessen, das ich dir einmal geschenkt habe, als du noch Anna Organista warst. Es wäre schade, wenn es dort bliebe.“ Zitternd tauchte er seine rechte Hand ins Wasser und führte sie an seinen Mund. „Außerdem möchte ich Pelegrina noch einmal hören, Pelegrina dal Violin, du weißt! – Es ist kein Salz mehr in den Wassern von Venedig, man könnte es trinken, wie das Wasser des Flusses Lethe, das Wasser des Vergessens …“

„Antonio!“, fuhr ihn Anna in panisch wachsender Angst an, „Pelegrina ist nach Deutschland verkauft worden!“

„Ich weiß, in Triest, nachdem sie vor dem Kaiser gespielt hat, an den Grafen von Schönborn. Aber ich möchte sie noch einmal hören!“

„Lass uns umkehren, du brauchst einen Arzt!“

„Ich brauche keinen Arzt, ich brauche deinen Atem, Anna!“, erwiderte Vivaldi lächelnd. „Der meine kann meine Brust nicht mehr bewegen. Eine große Hand drückt dagegen.“

„Antonio, meinen Atem kann ich dir nicht geben. Du hast mich – und meine Seele! Ich will mit dir leben!“

„Aber ohne Atem kann ich nicht leben. Und mit deiner Seele kann ich nicht atmen. Und deine Seele kann meine Brust nicht heben. Das kann sie nicht, Anna.“

„Maestro, darf ich zum Diner bitten!“, rief Collalto, der auf dem schlossseitigen Ufer, gefolgt von einem Dutzend Fackelträgern, der Gondel nachgelaufen war. „Das Orchester ist jetzt da!“

„Zur Pietà, mein Guter, ich habe dort noch etwas zu erledigen!“ Er schien den Grafen nicht zu hören. „Du fährst – in einem guten, – starken Rhythmus, – mein Bester, – ein – gebundener – Sechsachtel!“

„Verzeih’n?“, fragte der Bursche.

„Du fährst die Gondel gut, meint der Maestro“, übersetzte Anna.

„Ergebensten Dank auch!“, strahlte der junge Mann.

„Maestro! Maestro! Don Antonio!“, flehte Collalto vom Ufer aus.

Anna erstarrte, als sie eine Frauengestalt vor der Pietà wahrnahm.

„Don Antonio!“, rief der Graf und hetzte seine Diener, die ihre Fackeln entlang des Ufers aufgepflanzt hatten, zum Schloss zurück.

„Ich habe gewusst, – dass Pelegrina – da sein

wird, – meine – über – alles – geliebte – Annina, – ich habe es – gewusst!“

Die Gondel schrammt an die Holzbefestigung der Riva degli Schiavoni, auf der die Pietà unter ihrem Laubgespinst glitzert wie ein Juwelenpalast von Engeln. Die beiden Frauen helfen, stützen, schieben, ziehen Vivaldi aus der Gondel, gespenstisch langsam, aber sein Atem wird immer kürzer, er kann sich kaum noch auf den Beinen halten, krampft sich unter quälenden Hustenanfällen zusammen, sie stürzen, Vivaldi hat die Frauen mitgerissen. Seine Perücke fällt. Sie ringen miteinander, versuchen sich von ihm loszukämpfen, weil er sich in ihre Kleider, ihre Arme, ihre Beine, in ihre Körper verkrallt hat. Mit größter Anstrengung reißen sie ihn wieder in die Höhe, ihn, der wimmernd zusammenklappt wie ein Schnappmesser, dessen Feder zersprungen ist.

„Hol doch einen Arzt!“, schreit Pelegrina den Gondoliere an. „Schnell! Aus dem Dorf! Siehst du denn nicht!“

Der Bursche stürzt sich ins Wasser und schwimmt mit ungelenken Stößen zum Schloss, in dem der Sturm des Sommergewitters losbricht, währenddessen Collalto mit einer Gästeschar vom Ufer aus „Prete Rosso! Prete Rosso!“ skandiert. „Pre-te Ros-soo!“

Vivaldi jault auf wie ein angeschossener Hund, dessen Hinterläufe zerschmettert sind. Er krümmt sich unter den Peitschenhieben seiner Qualen, aber die Frauen halten ihn, heben ihn zwischen sich, so scheint er aus den Leibern der sich aneinander festklammernden Frauen herauszuwachsen. Seine Atemstöße sind lang gezogene Schmerzensschreie, die in seinen Blutstürzen ertrinken. Er versucht, sich auf die Schultern der Frauen zu stützen, als wolle er dem Knäuel der Leiber entsteigen, Fontänen von Blut, Speichel und Galle brechen aus ihm, ergießen sich über die Frauen. Im Schloss splittert die Eisdecke des Winters.

Da scheint sich eine Gigantenfaust in seine Haare zu krallen, sie reißt ihn zurück, spannt ihn auf, sodass in seinen weit geöffneten Mund tropfenweise Luftstöße rinnen, die er japsend trinkt, bis seine Lungenflügel zerspringen wie papierdünnes Muranoglas. In seinen starren Augen spiegeln sich die Lichtgelenke von Sternachsen. Dann gleitet er unendlich langsam zwischen die Leiber der Frauen und die drei Körper verschmelzen zu einem Torso der Liebe, des Schmerzes und des Todes, der dem fackelhellen Ufer zustrebt, wo er sich langsam zerteilt und den Tod in seine schwarze Barke sinken lässt, der wenige Augenblicke später eine Geigenmelodie über die Wasser der March gegen Santa Maria della Salute hin vorausfliegt.

„Weißt du noch? Im Schutz der Liebe fliegt die Seele auf dem Pulsschlag des Lebens?“, flüstert Anna.

„Ja, im Schutz der Liebe fliegt die Seele“, antwortet Pelegrina leise und wischt mit ihrem Ärmel das Blut Vivaldis aus dem Gesicht von Anna Girò.

Epilog

Venedig, 1756

Sie wagte kaum, das übermächtige Portal zu öffnen, aber die über der dahinstürmenden Brandung des Orchesters aufschäumende Gischt aus Oboen und Trompeten riss sie förmlich hinein in das Innere eines riesigen Eies, als das sie der hohe, zum Bersten volle Kirchenraum mit seiner kalten Pracht umschloss.

„Gloria in excelsis Deo“, jubelten die hinter den wie geklöppelte Spitzenvorhänge geschmiedeten Eisengittern verborgenen Orfanelle noch immer den Lobpreis Gottes ihres vor mehr als einem Dutzend Jahren jämmerlich zugrunde gegangenen Lehrers und Meisters in das durch ferne Fenster den Raum überflutende Licht dieses Maisonntags.

„Und auf Erden Friede den Menschen, die guten Willens sind.“

Warum wandten sich so viele der auf ihren Teppichinseln in Weißgold gefassten Sesseln Hof haltenden Masken nach ihr um? Sie hatte sich doch nur an das geschmiedete Lilienrankwerk des Eingangsgitters gelehnt, eine Maske unter Masken! Ihr letzter Auftritt im Teatro Grisostomo lag neun Jahre zurück, neun Jahre war sie nicht in Venedig gewesen, und in

Piacenza trug man keine venezianischen Baùten. Sie zog den schwarzen Schleier dichter um ihre Schultern und schloss ihn über ihrem Dekolleté.

„Lamm Gottes, das du trägst die Sünden der Welt, erbarme dich unser!"

„Erbarme dich unser!", hatten auch sie gefleht, als der mit Tulpen und Narzissen bemalte Brettersarg des Komponisten in die aufgeweichte Erde des Kirchhofs neben dem Siechenhaus auf der Wieden gesenkt wurde.

Die Windlichter waren vom strömenden Regen längst ausgelöscht und der Kaplan konnte sich mit seinen Kuttenbuben nicht schnell genug von jenem Spitaller Gottesacker machen, hinter dem die riesigen Säulen eines Tempels in den grauen Himmel ragten, den der Kaiser seinem Gott zum Dank für die Errettung von der Pest hatte errichten lassen. – Fünfzehn Jahre war das her, fünfzehn lange Jahre. – Noch in der Nacht seines Todes wurde Vivaldi im Reisewagen Collaltos von Baumgarten nach Wien gefahren, sie hatten ihn in ihre Mitte genommen, um ihn zu stützen, aber sein Kopf war auf der Rampe, die zum inneren Kärntnertor führt, zurückgefallen, erinnerte sich Anna, *sein Mund war aufgerissen, als würde er schreien! Innerer Brand! Verbrannt ist er, versengt von der glühenden Lava, die sich in seinen Adern wälzte, bis sie seine Blutbahnen gesprengt und seinen armen Körper von innen zerfressen hat, seine Eingeweide, den Fächer seiner Rippen, sein Herz, seine Lunge. Und um die Mittagsstunde schon hinaus und über den Wien-*

fluss zu dem Acker, auf den sie uns verwiesen haben. Collalto hat geholfen: den Sarg, den Wagen, die Träger, den Mesner, den Kaplan, die Windlichter. Aber er war nicht dabei. „Es bricht ihm das Herz", hat er gesagt. Es bricht ihm das Herz … Wir haben nicht geredet, kein Wort haben wir einander gegeben, du nicht, ich nicht. Dass du in die Pietà zurückwillst, das hast du gesagt, wo solltest du auch sonst hin? Und ich musste nach Prag, beim Grafen Sporck den Farnace aufführen, ohne ihn, ohne ihn! – Wie Eis fühle ich in jeder Ader mein erstarrtes Blut treiben … Eis oder Glut, was tut's!

Ich habe noch die Abendpost genommen bis zur Station von Stockerau, und so weiter, sieben Jahre lang, von Stadt zu Stadt, von Theater zu Theater, von Partie zu Partie, bis Antonio an meiner Seite war. – Schon wieder ein Antonio! Du müsstest ihn kennenlernen, Antonio Maria Zanardi, den Grafen Landi, der die Schranken seines Standes missachtet und mich zu seiner Frau gemacht hat, mich, eine achtunddreißig Jahre zählende, in Begleitung ihrer Schwester herumvagabundierende Opernsängerin! Er ist gütig, er liebt die Musik, er hat mich meinen Frieden finden lassen.

„Lamm Gottes, das du trägst die Sünden der Welt, höre unser Flehen!"

Pelegrina, wo bist du? Irgendwo da oben, hinter dem Dickicht der Eisengitter? In der alten Pietà waren sie noch aus Holz, erinnerst du dich? Erinnerst du dich, wie sich unsere Blicke gefunden haben, als sie mir die Haare abgeschnitten haben, nachdem mich mein Vater verkauft hat? Das war der schlimmste Tag in meinem kaum begonnenen Leben, das Ende meiner Kindheit. Ich war so allein, und da warst du! Und dann die Nacht auf dem Altan, unsere zahllosen Nächte auf dem Altan … Weißt du noch, wie du mir mit deinem Unterkleid die Nässe von der Brandwunde meines Oberarms getupft hast? So, wie du mir vor fünfzehn Jahren das Blut Antonio Vivaldis aus dem Gesicht gewischt hast … Wo bist du? Ich kann dich nicht sehen! Aber ich glaube, dich zu hören, deinen Ton, deinen Bogenstrich!

„Du sitzest zur Rechten des Vaters."

Wie du das spielst! Wie du die anderen mitnimmst auf diese Wiese und sie die übermütigen Bocksprünge der Lebensfreude junger Ziegen lehrst! – Ah, wir sollen uns freuen, dass es einen guten Vater gibt, an dessen Seite wir Schutz finden können! Ja, das bist du! – Gibt es einen guten Vater? – Don Antonio war uns alles, Lehrer, Freund, Gefährte, Bruder, Vater, Gott! – Siehst du mich, Pelegrina? Ich werde jetzt langsam die Arme ausbreiten wie damals auf dem Dachfirst der Pietà, als ich den festen Glauben hatte, über Venedig fliegen zu können. – Wie jetzt …

„Weil du allein heilig bist,
du allein der Herr,
du allein der Höchste."

… wie jetzt – da mich die Welle des Schlussjubels aufnimmt und hinaufträgt zu dir! Siehst du mich jetzt? Ich bleibe so stehen, mit ausgebreiteten Flügeln, bis du mich siehst!

Plötzlich schob sich neben einer Eisenrose im

linken der Oratorien ein Geigenbogen über das Gitter, der Bogen schien ihr zu winken, und sie erkannte hinter dem geschmiedeten Gesprenge die Gestalt Pelegrinas, die ihren Arm weit über das Gitter streckte und nach oben wies, auf ein riesiges eiförmiges Kuppelfresko, in dem Gottvater die einem meerblau schimmernden Planeten entsteigende Jungfrau Maria mit erhobenen Armen erwartete, um sie zu krönen.

Anna musste sich festhalten, um nicht niederzusinken.

Pelegrinas Bogen beschrieb eine Linie über den schneeweiß gekleideten Körper der Gottesmutter bis zu deren Füßen, dann über die Erdkugel hinweg an zwei fliegenden Putten vorbei, bis sie bei den über den Steinrändern eines aufgerissenen Himmels musizierenden Engeln verhielt.

Und von dort, fast noch aus dem Dunkel des Erdschattens, traf Anna ein Blick, der Blick Antonio Vivaldis, der über die Schulter eines musizierenden Erzengels zu ihr herabsah.

Das sind seine wissenden Augen, der Schwung seiner Brauen, seine schöne, hohe Stirn, seine Haare in der Farbe gehämmerten Kupfers, und der verzückte Engel – spielt – deine Violine, Pelegrina, die Viola d'amore!, flog es durch ihren Kopf, ehe sich ihre knochenweißen Hände aus dem Gitter lösten, weil plötzlich der Sog des Meeres das Kirchenschiff der Pietà aufbäumte und der rot gequaderte Marmorteppich des Bodens über ihr zusammenschlug.

Personen

Bentivoglio d'Aragona, Guido Marchese (1705 Venedig – 1759 Ferrara)
Als zweitgeborener Sohn zunächst zum Priester bestimmt, studiert er in Rom, gefördert von Kardinal Ruffo. Nach dem Tod seines älteren Bruders beendet er die Priesterlaufbahn und übernimmt die Familienagenden. Großer Liebhaber der Musik Vivaldis, der ihm als Mandolinenspieler mehrere Mandolinenkonzerte widmet. In Ferrara kümmert er sich als Intendant um das Musik- und Theaterleben der Stadt und des erzbischöflichen Hofes. Der Originalbrief Antonio Vivaldis vom 16.11.1737 in Kapitel Ferrara II ist an ihn gerichtet.

Bernacchi, Antonio (1690–1756)
Kastrat, einer der berühmtesten italienischen Sänger seiner Zeit – Auftritte in ganz Europa, u. a. in Venedig, Bologna, Rom, Ferrara, Paris, Madrid, London, München, Wien

Capello, Claudio
Venezianischer Adeliger, durch die Heirat mit Lucretia, der Schwester Alessandro und Benedetto Marcellos, Mitbesitzer des Teatro Sant'Angelo

Collalto, Thomas Vinciguerra Graf (1710 Wien – 1769 Wien)
Als junger Mann im Gefolge Karls VI. in Triest. Schlossherr u. a. von Pirnitz in Böhmen, wo sich ein reiches Noteninventar findet, auch Musik von Vivaldi. Den letzten bisher bekannten Verkauf von Noten an den Sekretär von Collalto bestätigt Vivaldi am 28. Juni 1741 in Wien.

Frederik IV., König von Dänemark und Norwegen (1671–1730)
Besuchte mehrmals mit großem Gefolge Venedig, wo er unter dem Pseudonym „Graf von Olemborg" darauf aus war, im Schutz der venezianischen Schleiermaske, der „Baùta", am

Karneval und vor allem an den Konzerten Vivaldis teilzunehmen, in der Pietà sowie in den Palästen der Stadt. Vivaldi widmete ihm seine Sonaten Opus II mit den Worten: „Sie sind vom Throne herabgestiegen und die Herablassung hat Euer Hoheit erlaubt, den zu trösten, der sich tief verneigt …"

Girò, Anna (1710 – Sterbedatum unbekannt)
Auch als „Anna Organista" oder „Annina della Pietà" bekannt. Tochter eines französischen Perückenmachers aus Mantua. Vivaldi bringt sie anlässlich seiner Rückkehr aus Mantua mit in die Pietà, wo sie ihre musikalische Ausbildung erhält, zunächst als Cembalistin und Organistin, dann als Sängerin, als die sie eine große Karriere macht, besonders in den Opern Vivaldis. Sie ist bei Vivaldis Tod in Wien anwesend, ebenso bei seinem Begräbnis am 28. Juli 1741. Ihr letzter bekannter Auftritt als Sängerin findet 1747 statt, am 20.7.1748 heiratet sie den Grafen Antonio Maria Zanardi Landi, danach gibt es keine biografischen Daten mehr.
Bei dem Deckenfresko, das sie 1756 in der neuen Kirche der Pietà, „Santa Maria della Visitazione", sieht, handelt es sich um eine „Aufnahme Mariens in den Himmel" des Malers Giovanni Battista Tiepolo (1698–1770), das dieser 1754/55 anfertigt.

Kapsberger, Johannes Hieronymus (Giovanni Girolamo) von (1580–1651)
Italienischer Komponist deutscher Abstammung, der sich vor allem als Lauten- und Chitarronevirtuose und -komponist einen großen Namen machte, der ihn als „Giovanni Girolamo Tedesco alla Tiorba" von Venedig nach Rom an den päpstlichen Hof Urbans VIII. führte, wo er 1610 auch eine Akademie gründete.

Karl VI. von Habsburg (1.10.1685–20.10.1740)
Römisch-deutscher Kaiser von 1711–1740. Größte Ausdeh-

nung des Habsburgerreiches unter seiner Regierung. Liebhaber der Musik Antonio Vivaldis. Treffen mit Vivaldi in Triest, der ihm schon sein Opus IX, „La Cetra", gewidmet hatte. In Triest Wiederaufführung des Oratoriums „Juditha triumphans". Schenkt Vivaldi eine wertvolle Kette mit Schmuckstück und lädt ihn als Hofkomponisten nach Wien ein. Als Vivaldi 1741 nach Wien reist, um die Einladung des Kaisers anzunehmen, ist dieser bereits gestorben und seine Tochter Maria Theresia in die Erbfolgekriege verwickelt und mit dem Einfall Friedrichs II. in Schlesien beschäftigt.

Le Cène, Michel-Charles (1696–1743)
Er übernahm aufgrund der Heirat mit einer Tochter des damals wichtigsten und berühmtesten Musikverlegers Estienne Roger (1666–1722) dessen Verlag in Amsterdam und sorgte für die internationale Verbreitung der Werke Antonio Vivaldis.

Marcello, Alessandro (1684–1750)
Venezianischer Adeliger, Komponist, Mitbesitzer des Teatro Sant'Angelo, älterer Bruder von Benedetto

Marcello, Benedetto (1686–1739)
Venezianischer Adeliger, Komponist, Mitbesitzer des Teatro Sant'Angelo, jüngerer Bruder von Alessandro, Verfasser der Schmähschrift „Il Teatro alla Moda", die sich vor allem gegen Antonio Vivaldi und den Impresario Francesco Santurini richtet

Maria Theresia von Österreich (1717–1780)
Tochter Karls VI., Erzherzogin von Österreich, Königin von Ungarn und Böhmen. 1745 kann sie die Wahl ihres Mannes Franz Stephan von Lothringen zum römisch-deutschen Kaiser Franz I. Stephan durchsetzen. Da die Habsburger durch sie im Mannesstamm erloschen wären, heißt das Geschlecht durch die „Pragmatische Sanktion" ihres Vaters Karl VI.

fortan „Habsburg-Lothringen“. Dies kann sie aber erst durch langwierige Erbfolgekriege bestätigen.

Pisendel, Johann Georg (1687–1755)
Komponist und Konzertmeister der Dresdener Hofkapelle, hält sich mehrmals in Venedig auf, um bei Vivaldi Komposition und das Violinspiel zu studieren. Bringt Vivaldis Werke nach Dresden, wo er in dessen Stil eigene Kompositionen verfertigt.

Regaznig, Matthias Ferdinand von
Kaufmann und nebenberuflich ständiger Resident der Familie Schönborn in Venedig. Für diese Familie ist er hauptsächlich damit beschäftigt, Noten zu kaufen, vor allem Werke von Vivaldi.

Ruffo, Tommaso (1664–1753)
Erzbischof von Ferrara und Kardinal. Einer der größten Gegner Vivaldis, letzten Endes sein Vernichter. Lockt Vivaldi zu großen Opernprojekten, die dieser als Impresario vorfinanzieren muss, nach Ferrara, verweigert ihm aber anlässlich desaströser Proben die Einreise. Auch eine Intervention des Papstes bleibt wirkungslos. Bentivoglio schreibt in dieser Angelegenheit am 20.11.1737 an Vivaldi: „Außerdem hat er (Kardinal Ruffo) mir versichert, dass er in diesem Entschluss festbleiben werde, auch wenn er vom Papst selbst den Auftrag erhalte, ihn zu widerrufen. Er werde eher den Erzbischofsstuhl verlieren, als seine Meinung ändern …“ Das bedeutet den finanziellen Ruin des Komponisten. Ruffo wird daraufhin überraschend der Sitz des Erzbischofs entzogen, er zieht sich nach Rom und auf seine Güter bei Neapel zurück.

Santurini, Francesco (Geburtsdatum unbekannt – Sterbedatum um 1723)
Opernimpresario. 1676 erbaut er als Pächter auf dem Grund

der Familie Marcello das Teatro Sant'Angelo, das er fortan als Venedigs erfolgreichster und umstrittenster Impresario betreibt. Er weicht auch dann nicht, als die Brüder Alessandro und Benedetto Marcello seinen Abgang verlangen. Er setzt vor allem auf Vivaldis Opern und kommt im Teatro Sant'Angelo ums Leben, angeblich während einer Vorstellung.

SCHÖNBORN, Rudolf Franz Erwein Graf von (1677–1754)
Kaiserlicher Geheimer Rat, Schlossherr von Wiesentheid, dessen Besitzer er durch die Heirat der verwitweten Gräfin Eleonore von Hatzfeld-Gleichen wird. Wiesentheid ist berühmt für seine Gartenanlagen und seine schon seit 1719 bestehende Orangerie, in der mehr als 800 Bäume Platz finden. Amateurcellist, großer Sammler italienischer Musik, besonders der Kompositionen Antonio Vivaldis, die er für sich und seinen Bruder Philipp Franz, den Erzbischof von Würzburg, sowie für seinen Onkel, den Erzbischof von Mainz, durch Konsul Regaznig kaufen lässt.

SCHULENBURG, Matthias Johannes (Giovanni Mattia) von der (1661–1747)
Ab 1715 Feldmarschall im Dienst der Republik Venedig. Von Karl VI. 1715 in den Reichsgrafenstand erhoben. Geschätzt vom Oberbefehlshaber der österreichischen Heere, Prinz Eugen von Savoyen (1663–1736). Mitwirkung an der Schlacht gegen die osmanischen Heere bei Peterwardein, 1716 Sieg und Vertreibung der Türken von der Insel Korfu, die fortan wieder in venezianischem Besitz ist. Als Siegesoratorium schreibt Antonio Vivaldi 1716 „Juditha triumphans", das im November 1716 in der Pietà uraufgeführt wird.

UFFENBACH, Johann Friedrich Armand von (1687–1769)
Ratsmitglied und späterer Bürgermeister von Frankfurt. Unternahm „Kavaliersreisen" nach England, Frankreich,

Brabant und vor allem mehrmals nach Venedig. Seinen Reisetagebüchern verdanken wir genaue Schilderungen des Karnevals, der Oper, der Pietà und Vivaldis, den er mehrmals aufgesucht hat.

Vivaldi, Antonio Lucio (4.3.1678 Venedig – 27.7.1741 Wien)
Komponist, Geigenvirtuose

Vivaldi, Giambattista (1655 Brescia – 1736 Venedig)
Beginnt als Barbier in Venedig, erlernt aber auch das Geigespielen und bringt es bis ins berühmte Orchester von San Marco, gastiert als Geiger in den Opernhäusern der Stadt. 1676 heiratet er die Schneiderstochter Camilla Calicchio. Das Ehepaar Vivaldi hatte neun Kinder, Antonio war das älteste. Auch er wurde wegen seiner roten Haare als „Giovanni Battista detto Rosetto“ in den Büchern von San Marco geführt.

Musik

Die Musik ist von Antonio Vivaldi, wenn nicht anders angegeben.

Seite 12: „L'Olimpiade", RV 725: Sinfonia

Seite 12: Johann Sebastian Bach: Matthäus-Passion, BWV 244: Eingangschor „Kommt, ihr Töchter, helft mir klagen"

Seite 15: Konzert für Violine, Streicher und Basso continuo (Bc), „Il Gardellino"

Seite 27: „Credo", RV 591

Seite 29: „L'estro armonico", Konzert Nr. 9 für Violine, Streicher und Bc in D-Dur, RV 230: 2. Satz: Larghetto

Seite 33: „Salve Regina", RV 618

Seite 51: Konzert für Violine, Orgel, Streicher und Bc, RV 541: 2. Satz: Grave

Seite 55: Konzert für Violine, Orgel, Streicher und Bc, RV 335 „Il Rossignuolo": 1. Satz: Allegro

Seite 57: „La Stravaganza", Konzert für Violine, Streicher und Bc in A-Moll, Op. 4, Nr. 4: 1. Satz: Allegro

Seite 68: Konzert für Oboe, Streicher und Bc in F-Dur, RV 457: 1. Satz: Allegro

Seite 69: „L'estro armonico", Konzert für 4 Violinen, Cello, Streicher und Bc, RV 580

Seite 76: Sonate Nr. 12 in D-Moll, Op. 1, RV 63: „La Follia"

Seite 80: Johann Sebastian Bach: Partita Nr. 2 in D-Moll für Violine Solo, BWV 1004: „Ciaccona"

Seite 88: Konzert für Violine, Streicher und Bc in D-Dur, RV 212: 3. Satz: Allegro

Seite 93: „Farnace", RV 711: „Gelido in ogni vena", Arie des Farnace

Seite 95: „Die vier Jahreszeiten“, Konzert Nr. 4 in F-Moll, Op. 8, Nr. 4, „Der Winter“: 1. Satz: Allegro non molto

Seite 99: „Der Winter“: 2. Satz: Largo

Seite 109: Giovanni Girolamo Kapsberger: „Primo d'Intavolatura di Chitarrone“: Arpeggiata

Seite 110: „Zeffiretti, che sussurrate“, Foà 28

Seite 116: „Ardi, svena“, RV 667

Seite 119: „Orlando finto pazzo“: „Qual favellar? … Anderò, volerò, griderò“, Arie der Origille

Seite 120: „La verità in cimento“, RV 739: Sinfonia

Seite 131: Konzert Nr. 2 in G-Moll für Flöte, Fagott, Streicher und Bc, RV 104, „La Notte“: Largo: „Il Sonno“

Seite 136: Konzert für Viola d'amore, Streicher und Bc in A-Moll, RV 397: 2. Satz: Largo

Seite 143: „Juditha triumphans“, RV 644: Chorus „Arma, caedes, vindictae, furores“

Seite 144: Konzert für 2 Violinen „in tromba marina“, 2 Flöten, 2 Mandolinen, 2 Schalmeien, 2 Theorben, Cello und Bc, RV 558: 1. Satz: Allegro molto

Seite 145: Sinfonia RV 562: 2. Satz: Grave

Seite 146: „Die vier Jahreszeiten“, Konzert Nr. 2 in G-Moll, Op. 8, Nr. 2, „Der Sommer“: 2. Satz: Adagio

Seite 147: „Der Sommer“: 3. Satz: Presto

Seite 151: „Die vier Jahreszeiten“, Konzert Nr. 3 in F-Dur, Op. 8, Nr. 3, „Der Herbst“: 2. Satz: Adagio, 3. Satz: Allegro

Seite 152ff.: „Die vier Jahreszeiten“, Konzert Nr. 4 in F-Moll, Op. 8, Nr. 4, „Der Winter“

Seite 155: „Die vier Jahreszeiten“, Konzert Nr. 1 in E-Dur, Op. 8, Nr. 1, „Der Frühling“: 1. Satz: Allegro

Seite 156: „Die vier Jahreszeiten", Konzert Nr. 2 in G-Moll, Op. 8, Nr. 2, „Der Sommer": 1. Satz: Allegro non molto

Seite 157: „Juditha triumphans", RV 644: „Veni, me sequere fida", Arie der Juditha

Seite 162: Trio für Violine, Laute und Bc in C-Dur, RV 82: 2. Satz: Larghetto

Seite 163: „Juditha triumphans", RV 644: Chorus „Mundi Rector de Caelo micanti"

Seite 172: „L'Olimpiade", RV 725: „Siam navi all'onde algenti"

Seite 180: Konzert für Mandoline, Streicher und Bc in C-Dur, RV 425: 2. Satz: Largo

Seite 183: „L'Olimpiade", RV 725: „Gemo in un punto e fremo"

Seite 187: Konzert für Streicher und Bc in F-Dur, RV 296: 1. Satz: Allegro, 2. Satz: Largo

Seite 188: „Lauda Jerusalem", RV 609; „Magnificat", RV 611

Seite 189: „Nisi Dominus", RV 608: „Cum dederit"

Seite 191: Anonym: „Schleuniger", Seitenpfeifermusik

Seite 191: Konzert für 2 Violoncelli, Streicher und Bc in G-Moll, RV 531: 1. Satz: Allegro

Seite 192: Anonym: „Ein Steirer und ein Schleuniger", Tanzweise

Seite 193: Anonym: „Ein Geigenjodler in G"

Seite 194: „La verità in cimento", RV 739: „Aure placide, e serene"

Seite 221: „Die vier Jahreszeiten", Konzert Nr. 2 in G-Moll, Op. 8, Nr. 2, „Der Sommer": 3. Satz: Presto

Seite 222: „Die vier Jahreszeiten", Konzert Nr. 4 in F-Moll, Op. 8, Nr. 4, „Der Winter": 1. Satz: Allegro, 2. Satz: Largo

Seite 225: „Gloria", RV 589